フランス親子留学

おかっぱ頭の幼稚園体験記

西澤健次
Kenji Nishizawa

東方出版

フランス親子留学――おかっぱ頭の幼稚園体験記✤もくじ

フランス全図

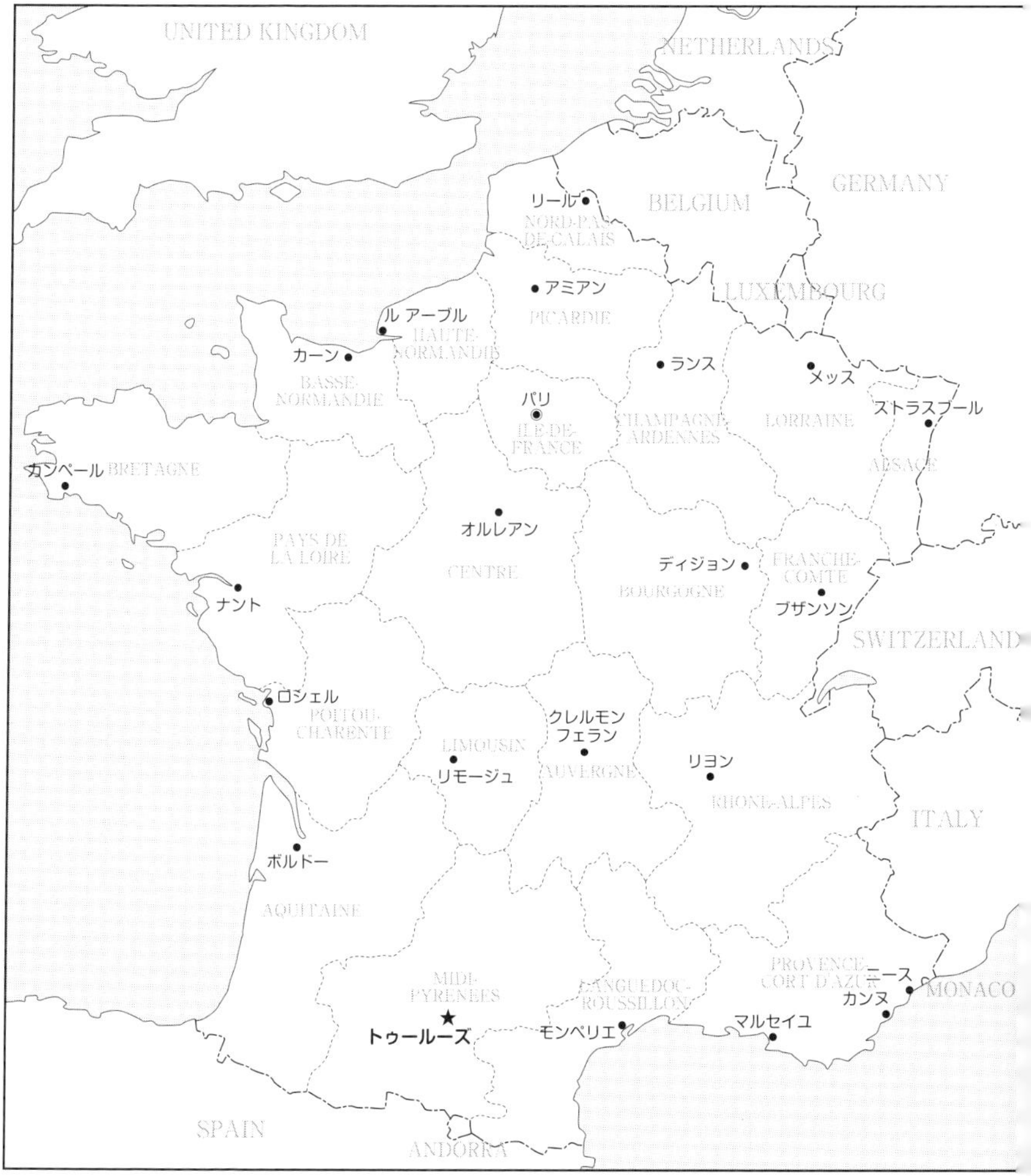

UNITED KINGDOM
NETHERLANDS
GERMANY
BELGIUM
LUXEMBOURG
リール
NORD-PAS-DE-CALAIS
アミアン
PICARDIE
ル アーブル
HAUTE-NORMANDIE
カーン
BASSE-NORMANDIE
ランス
メッス
ストラスブール
パリ
ILE-DE-FRANCE
CHAMPAGNE-ARDENNES
LORRAINE
ALSACE
カンペール
BRETAGNE
オルレアン
PAYS DE LA LOIRE
CENTRE
ディジョン
FRANCHE-COMTE
BOURGOGNE
ブザンソン
ナント
SWITZERLAND
ロシェル
POITOU-CHARENTE
クレルモン フェラン
LIMOUSIN
リモージュ
AUVERGNE
リヨン
RHONE-ALPES
ITALY
ボルドー
AQUITAINE
PROVENCE-CORT D'AZUR
ニース
MONACO
カンヌ
MIDI-PYRENEES
LANGUEDOC-ROUSSILLON
トゥールーズ
モンペリエ
マルセイユ
SPAIN
ANDORRA

トゥールーズ広域図

① ＩＡＳ（航空宇宙専門学校）
② ポール・サバティエ大学
③ ルイ・ヴィテ通りの著者の住まい
④ ジャルダン・デ・プラント（植物園）
⑤ ブラニャック国際空港

トゥールーズ拡大図

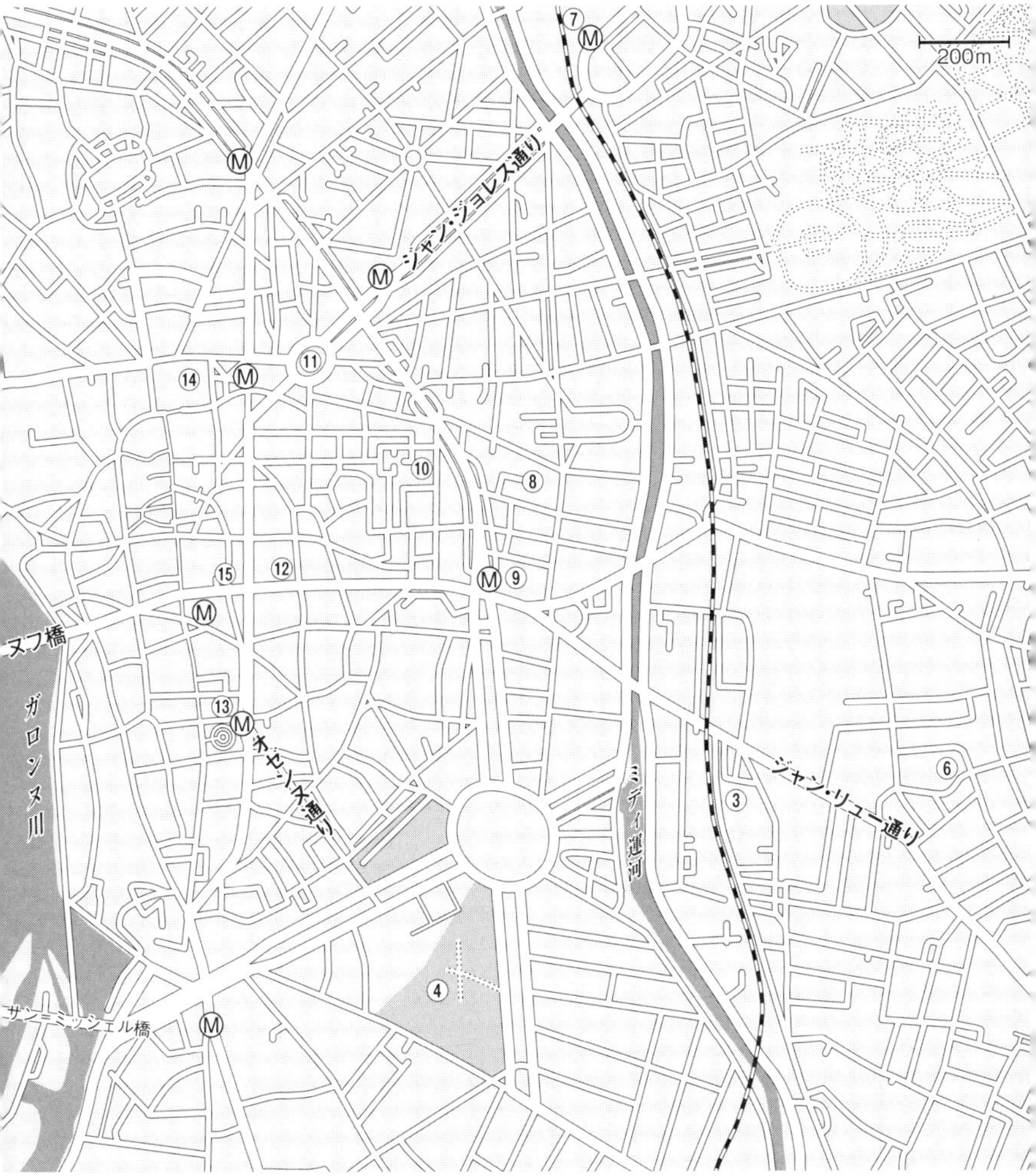

⑥　アルモン・レイグ幼稚園
⑦　国鉄トゥールーズ・マタビオ駅
⑧　サントーバン保育園
⑨　地下鉄フランソワ・ヴェルディエ駅
⑩　オキシタン広場
⑪　ウィルソン広場
⑫　オーギュスタン美術館
⑬　地下鉄カルム駅
⑭　キャピトル（市庁舎）
⑮　中心街エスキロール

フランス親子留学——おかっぱ頭の幼稚園体験記

第1章　トゥールーズは美しすぎて

サン・セルナン寺院の前で

✤フランス南西部、トゥールーズ

フランス南西部に位置するトゥールーズは、南仏というよりも雨や雲りの日が多く、日本人の南仏のイメージとは少々異なる。ガロンヌ川沿いに発展した薔薇色の街という紹介にあるように、トゥールーズの建物は、赤レンガでできたものが多い。この辺りは、石が採取できず、ガロンヌ川に堆積した赤土を代用したので、街全体が赤ないしオレンジ色の壁になったのである。薔薇が咲いたように思えるのはそのせいである。ロンドンなども赤レンガが多いが、トゥールーズは、フランスの田舎であるせいか、ひっそりと佇んでいる感がある。赤レンガの街並みであっても、それほど強烈な個性を感じ取れないのもこの街の特性である。

1998年初夏、サッカーのワールドカップがトゥールーズで開催された。日本チームもトゥールーズのスタジアムで試合をしたが、一般的には、南仏の一都市として知られているにすぎない。日本では、むしろ、ニースやカンヌなどのコート・ダ・ジュールや、アヴィニオンやアルルのプロバンス、ワインのボルドーの方が馴染みがある。ところが、トゥールーズにはそうした観光名所や、有名なワインなどがないので、南仏とはいえ、ほとんど知られていない。

フランス人でさえ、北の方に住んでいる人であれば、南のことはほとんど知らないそうである。かくいう私も、留学先として考えた時、トゥールーズは、気が進まなかった。たいした特色もなく、ミディー・ピレネー山脈の麓にある山間の工業都市であるこの街は、少々、地中海沿岸に比べると、陰気な感じがしたからである。実際、トゥールーズのブラニャック空港に降りてみても、予想通りの場所であった。観光という点からは今一つの場所には違いはない。しかしながら、海外に媚びないフランスらしさ、フランス人特有の生活という点からは、実に味わい深い魅力を持った都市である。ただ、そのことに気づくには充分な時間が必要であった。１年間のフランス留学、そこには、素朴で牧歌的な時間と暮らしがあった。

私は、48才。大学の教員になって12年が経過していた。フランス留学は大学の海外研修制度を利用して5、6年程前から計画していた。計画をしていた時点では、独身であり、妻子はなかった。フランスの様々な大学に招聘を希望したが、ほとんど壊滅状態で、フランス留学は実現しないかと思ったこともあった。そんな中、トゥールーズ第3大学、別名ポール・サバティエ大学からは快く迎え入れるという返事をいただいたので、とうとうフランス行きが現実のこととなった。ただ、娘が生まれ、真音（まいん）と命名し、その子が2才になり、南フランスの幼稚園に入園させるということは、当初、まったく意図したものではなかった。

✤真音、2才、フランスへの旅立ち

私の名前はまいんです。まだ、2才だというのに幼稚園に行かされています。私のクラスはぴよぴよ組です。なんでも、それは、幼稚園の年少組に入る準備段階だそうです。まだ、赤ちゃんから間もない、ぴよぴよ達が、アンパンマン先生のもとで、お遊戯をしたり、歌を歌ったり、かけっこをしたりするのです。

両親は、私を幼稚園に入れるために、幼稚園探しをしたけれど、どこも決め手はなかったということです。自分達の小さな頃と比べているのか、結局、ここ北九州の小倉には、自然に、子どもが遊べる幼稚園がないと、愚痴をこぼしています。それでも、2才だというのに私をどこかの幼稚園に入れないと気がすまないらしく、パパの一声で、北九州のとある幼稚園に入園することになったのです。パパは、大学のせんせいをしていて、フランスに留学することが決まったようです。それで、ママもフランス語を勉強するなり、留学の準備をしなければならなくなったのです。もちろん、聞くところによると、恐ろしい話ですが、私をフランスの幼稚園に入れようと考えているらしく、ぴよぴよ組に入るのは集団生活に慣れさせるためのものでした。私は、フランスが何なのか、さっぱりわからないので何ともいえなかったのですが、ただ、おもちゃや、お菓子がたくさんあるところなら行ってみたいと思っていました。

パパは、毎夜、パソコンに遅くまで向かい、フランス留学の情報を集め、時折、殺気立ったようにママと何やら相談していることがありました。時々、幼稚園で習った歌や踊りを見せると、喜んでくれましたが、殺気立っている時には、叱られたりもしました。パパは、フランス語が話せないことを苦にしていて、とうとう、インターネットで情報を得たのか、ジャンさんというフランス人を見つけてきました。最初は、パパが習い始め、次いで、ママも、習い始めました。パパのレッスンが終わると、ママのレッスンが始まります。

フランス語の教室で、ママが会話の練習をする間、私とパパは、いつもダイエーのドーナツ屋さんに行き、チョコレートや、イチゴのドーナツを食べました。ママとお店に行くことはあってもパパと一緒にお店に行くことはなかったので、不安でもあり、幸せでもあるのでした。ママは、あまり買ってくれないけれど、パパは、好きなドーナツや、お菓子をたくさん買ってくれたりしました。

ある日、ママのレッスンが長引いたので、迎えに行くと、フランス人のジャンさんとばったり会いました。はじめて見るフランス人は、とても怖かった。まいんは泣き出してしまいました。

「ボンジュール。マイン」

わからない言葉を話し、私をあやそうとはしてくれても、私は、緊張して、声が詰まるのでした。パパやママが「ほら、ボンジュールって言ってごらん」と催促するのですが、どうしてもベビーカーの中に顔をうずめることしかできませんでした。

2人は、「こんな様子で、フランスに連れていけるだろうか」と、心配しています。パパやママが私に聞きました。「ねえ、真音、一緒に、ボンジュ（＝2才の真音は、フランスとは発音できず、フランスのことをボンジュールの「ボンジュ」と呼んでいた）に行くのよ。一緒に行けるかな？」

「まいんねえ、ボンジュへ行くよ。だって、ママもパパもいるでしょ。イチゴのドーナツや、お菓子がたくさんあるんでしょ。飴もあるでしょ」と、お菓子のことしか思い浮かびませんでした。パパは、フランスで生活することが一生の夢だったようです。それで、フランスの写真や、子ども用のアレックス・ゾエのＤＶＤを見せてくれたり、おもしろそうな話をしてくれます。まいんは、フランスにどんな飴があるのか、夢に見ていました。

12月、クリスマス。いよいよ、フランス行きが近づいているのか、ジャンさんが、知り合いや、子ども達を集めてシャンソンショーを北九州の戸畑で開催しました。そこでは、子ども達へのクリスマスプレゼントがあったり、サントンというフランスの小さな人形に絵の具で色をつけたりして、遊びました。サントンとは、「小さな聖人」という意味で、南仏特有の石灰の人形です。南フランスにはカラフルなサントン人形がたくさんあるようです。

大人達は、パン粉にカレーを載せたような食べ物を持ってうろうろしていました。私にも食べるよう、スプーンを渡しましたが、あまり食べたくありません。まいんは他の子ども達のようにジュースだけを飲んでいました。どうも、それは、クスクスというアフリカの食べ物のようです。パパもママも、一口食べると、口をへの字にしていました。でも、ジャンさんの前では「おいしいですよ」と言っていました。まいんは、「おいしくないよ」と言いましたが、口を手で押さえられ、フランス語の歌を聞いているのでした。すでにフランスの入口に立っていました。クスクスは、フランスの幼稚園でも定番の食事らしいのです。

そして、年も変わり、いよいよ留学の日が近づいてきました。幼稚園でも、「真音ちゃんは、フランスに行くことになるのよ」と、先生が、ぴよぴよの仲間に言いました。私は、このまま、仲良しになったさおりちゃん達と年少組に上がるような気もしていましたが、先生がそのようなことをいい、「真音ちゃん、また戻っておいで」と背中をさすったりするものだから、少し、悲しくなりました。フランスに行ったらアンパンマン先生にお手紙を出さないといけません。

まいんはぴよぴよ組に「さよなら」をすることになりました。

第2章　歓待

トゥールーズ・マタビオ駅付近で見られるミディ運河

✤はじめてのトゥールーズ

妻と娘の真音を連れて南仏のトゥールーズに留学する日がやってきた。2008年3月の中旬、私達は、ついに福岡空港からフランスに向けて飛び立った。長い飛行時間にもかかわらず、真音は騒ぎもせず、座席でよく眠っていた。人生はじめてのフライトで、泣き叫んでしまうのではないかと恐れていたが、おもちゃやゲームで機嫌よく座っていた。しかし、それでもストックホルムを通過したところから雲行きが怪しくなってきた。入れかわり立ちかわり、客室乗務員が真音をあやしてくれた。そして、ブルブル動く大韓航空の飛行機のおもちゃを三つももらっているのだった。

トゥールーズ・ブラニャック空港に着陸すると、私は、小さな猿のリュックを真音の肩にかけ、青い空をながめつつ、深呼吸をした。とうとう、トゥールーズに着いてしまったのだ。膝元で「だっこ」を連発する娘の真音を抱いて出口に向かうと、心臓がドキン、ドキンと波打っていた。妻も日本からの長旅と、海外ではじめて本格的に生活する土地に少々興奮しているようだった。

私は、九州の大学に勤務し、初の海外留学のために妻子とともにやってきた。ホストの教授デスカルグさんとは、インターネットを駆使し、メールで連絡をとっていたものの、直接、話したこともなかった。フランス語の会話などはほとんどできず、片言の単語しか話せない。妻も英語ならいざしらず、フランス語は不慣れであった。私の乏しいフランス語だけが頼りであった。そのような状況の中、デスカルグさんは、パノー（名前を書いた紙）を持って私達を空港で温かく出迎えてくれた。かなり年を召されているようにも見えたが、体格も大きく、気さくな感じのする人だった。海外留学という事情を知らず、その光景を見ていれば、フランスのおじいさんが孫を連れて帰国した息子夫婦を迎えにきたとしか思えないだろう。

いざ、トゥールーズへ。
パリ・シャルル・ドゴール空港にて

私達は挨拶程度の会話を交わし、彼の車に荷物を積み込んだ。妻と真音は後部座席に乗り、私は助手席に乗ってシートベルトを締めた。トゥールーズの3月後半は、雨や風が強く、荒れた天候が続いていたようである。その日は珍しく、真っ青に空が晴れ渡って、そのせいか、彼は、温く陽気な感じのする南仏特有の気候の到来に随分と機嫌を良くしていた。フランスの軽やかなポップ・ミュージックをBGMにして、ポール・サバティエ大学を通り抜け、エドアール・ブラン通りのIAS（Institut Aéronautique et Spatial）という航空宇宙専門学校の寮までの道のりを、冗談交じりに解説してくれた。途中、大学の構内には、メトロ（地下鉄）の駅が二つもあり、バスで移動するような巨大な敷地であることがわかった。私達はその広さに圧倒されていた。まるで森の中にいるようであった。デスカルグさんでさえ、「ジュムスイトロンペ（道を間違った）」と言い、校内を行ったり来たりしていた。

真音は、まだ、2才であったが、あと10日で3才の誕生日を迎える。日本では、幼稚園のぴよぴよ組で過ごし、テレビで流行しているアンパンマンのことを片時も忘れない。暇さえあればアンパンマン体操をしている。幼児の世界はアンパンマン一色で、運動会ではアンパンマン体操を披露してくれた。私は、内心、アンパンマンのいない国で、長閑で牧歌的な幼稚園で過ごしてくれることを期待していたが、どうしても精神安定剤のアンパンマンのDVDやCDを隠し玉として持ってこずにはおれなかった。

私はというと、この留学中、夏には49才になる。50代がそこまで近づいてきていた。妻もとうとう40代に突入し、はじめての子ども、はじめての留学としては随分と遅すぎたが、それに

IAS近辺の並木道

は容易に語れぬ事情もあった。昨今は、30代、40代の出産も不自然ではなくなってきている。日本でもフランスでも、40代位の老けたカップルがベビーカーを押している。高齢カップルの子育ては、実子とはいえ、桃太郎やかぐや姫のような物語にも似ている。40代後半を迎え、老眼鏡をかけ、体力が衰えてきているにもかかわらず、とびっきり元気な子どもが飛び出してくると、川から流れてきた桃太郎のように勇ましかったり、竹の中から思いもよらない姫が登場したようなものである。

おじいさんなのか、お父さんなのか、判別のつかない男がベビーカーを押している、高齢カップルの奇妙な時代に突入した。

＊　＊

フランスのはじめてのお部屋は、案外、ひろくて2部屋あり、ダイニングもありました。日本の家に比べると、小さいけれど、ホテルのように部屋が分かれていて、窓からは森のような景色が見えました。パパが、デスカルグさんという大きな人と、フランス語のような言葉で、たどたどしく会話しているかと思うと、2人で出かけて、パンやバター、卵に砂糖などを買ってきました。デスカルグさんが帰る時、パパは見たこともないような日本の大きな扇子をおみやげに渡していました。まいんの大好きな栗まんじゅうも一緒に。果たして、ママは、フランス人が栗まんじゅうを食べると思って日本から

IASの寮の中で

持ってきたのでしょうか。いかにも日本的な発想だと、まいんは考えるのです。

数日後、デスカルグさんは、私達3人を自分の家に招待しました。私は、宇治に住んでいるおばあちゃんに買ってもらったミキハウスのピンクのジャンパーを着て、嫌だと言うのに、連れて行かれました。日本でもよその家に行くのは怖いのに、フランス人の家に行くというのは、お化け屋敷に行くほど怖いのです。デスカルグさんは、体が大きく、宇治に住んでいるおじいちゃんに少し似ています。でも、よくわからない言葉をしゃべり、顎をなでるのが嫌でした。家に着くと、マダム・デスカルグが出迎えてくれました。私は、恐る恐る、ママの横に座り、パパがフランス語で話をしているのを見ていました。そうすると、うつらうつらとして、眠ってしまいました。

✤ おひなさま

まいんは、日本のことを思い出していました。フランスへ飛び立つ前に、3才のお祝いを3月3日のひな祭りの時にしてもらったことです。その日は、2人のおじいちゃん、2人のおばあちゃんが来て、宴会となりました。誕生日のプレゼントに島津の雛人形をもらいました。ま

フランスに出発する前、自宅(日本)でひなまつり

いんの誕生日は3月28日です。どうやら本当の誕生日はフランスで迎えることになるようです。パパのフランス熱は筋金入りで、フランスに来ることは、20才の時からの夢でした。それから30年、念願叶って南フランスに来たのです。ママと結婚、つまり、おひなさまとお内裏さまになったのは、43才の時だそうです。ママは、35才。パパがこれほどまでにフランス熱が強い、あるいは狂信的な人だとは思わずに、です。

時折、パパはおじいさんのようにトゥールーズの街を眺めています。公園で私をだっこしながら、噴水やカモやハトを眺めています。少し、疲れているようにも見えました。ベビーカーを押すのに疲れていただけかもしれません。私達は、しばしば公園で休憩しました。もちろん、その間、まいんはすべり台です。

パパが、30年、温めていた憧れの生活についていくことになって、私は、親戚の人に旗を振られてやってきました。飴を食べる訳ではなく、パンを食べる訳でもなく、すべり台をすべる訳でもありません。私はフランスのことなどはさっぱり知りません。飛行機の中で寝ていただけです。でも大好きなパパの夢が少し叶ったのならそれでよかったのです。そうして、ふと、フランスの幼稚園にはお内裏さまがいるのかなと思いました。お内裏さまは日本の王子様だとママが言っていました。まいんは、王子様とお姫様のお話が大好きなのです。

それにしても、パパは本当に学校を辞めて、フランスの田舎で暮らそうと思っているのでしょうか。パパは、公園のベンチで、「真音、フランスの田舎でずっと暮らさないか。にわとりやうさぎがたくさんいるよ」と言います。私は、「やーよ。日本に帰るんでしょう」と言い返すと、パパは暗い顔をします。フランスの田舎の生活を始めることになるのか、日本に帰るのかどうかはよくわかりません。

✤ 歓待

デスカルグさんの自宅は、高台にあり、途中、トゥールーズ市内の夜景が一望できた。それは、明らかにパリ市とも異なり、一地方都市の、やわらかで、おだやかな、夜の明かりであった。私はフランス人とまともに話をしたことはなかった。北九州で知り合ったフランス語教師のジャンがはじめてであった。デスカルグさんと話が通じるのか、不安を隠せないまま、時間だけが過ぎていた。もちろん、日本から来た珍客に、フランス人特有のマシンガン・トークをいきなりぶつけてくることはないだろうとは、思っていたが、心の中は不安でいっぱいであった。それでも、はじめて見るフランス人の家庭と建物は、たいへん興味深いものであった。デスカルグさんは、自分の家のように使ってよいと、私達を歓待するために、浴室、寝室、書斎、地下のワインセラーなど、すべて見せてくれた。そして、書斎の棚から会計の本を一冊取り出して、「ケンジ、ルガルデ、サ（これを見てごらん）」と、フランスの有名な会計学者の本を見せた。

確かに、誰しも、共通に知っているものを見ると、親しみが増す。私は、会計学を専門としており、デスカルグさんは、フランス会計学会の大御所という関係である。

また、フランス人といえば、ワインである。彼は、ワインセラーから特別上等のワインを取り出して、それを勧めてくれた。しかし、悲しいかな、私は下戸であり、1、2杯いただいたものの、それ以上話を深めることはできなかった。デスカルグさんが大事にしていたワインの品種はわからないが、それも相当値打ちのあるものであったのかもしれない。

聞くところによると、彼の息子さんも、商売で、しばしば日本を訪れており、日本のことも、多少、知っているという口ぶりであった。どこにでもある日本の家庭のように、食卓の壁に、デスカルグおじいちゃんと遊ぶ孫たちの写真がたくさん貼られてあった。ちょうど真音と同じくらいの年齢《とし》だろう。65才の祖父に、30才前後の息子夫婦と孫という関係は、ごく一般的である。私の場合のように、おじいちゃん、おばあちゃんが80代で、息子が48才、妻が41才、孫が2才という図式はどう考えても、年齢のバランスが不自然である。デスカルグさんはそんなことはお構いなしに、まるで自分の孫が遊びに来たように、陽気であった。私は、しばし、その奇妙な年齢差に沈黙したが、そのことでどうにもなるわけではなかった。小さなぬいぐるみのように、椅子に置かれた真音は、何も食べず、飲まず、異常な緊張の中で、日本語を話す雰囲気でもなく、新たに経験する空気を吸っていた。

デスカルグさんは、トゥールーズに生まれ、トゥールーズで定年を迎える。英語はまったく話さない。仏文卒の私には、フランスの本星のようでうれしいことであったが、妻にとっては、極めて困難なことであった。簡単な会話であっても英語が通じない「不都合さ」や、高齢育児の「体力の問題」など、私の家庭環境は、南仏の一都市、トゥールーズにたやすく溶け込みがたいものがあることを、第一歩として、認識しないわけにはいかなかった。それでもなおかつ、2才の真音の笑顔は、日仏のそうしたぎこちなさなど、すべてを打ち消す力があったので、この留学の手記は、ほとんど真音に頼らざるを得ない。

第3章　イモ回り

雨と風のトゥールーズ（中心街エスキロールにて）

フランス語で不動産屋のことをイモビリエ（IMMOBILIER）といい、通常、略して、「イモ（ＩＭＭＯ）」と表記する。店の看板や、不動産の雑誌には、イモビリエまたはイモと書いてあるので、ここでは様々な愛憎を込めて、イモという言葉を使いたい。

私は、留学をする前からアパルトマンを探せるかどうか大変不安であった。インターネットで検索してもイモ回りの苦労話を見つけるだけで何の解決策も見つからなかったからだった。留学前にジャンの勧めで、トゥールーズの不動産屋にメールを出してみたものの、1年という長期の賃貸は扱っていないという返事ばかりで、たまにあったとしても家具つきで1ヶ月20万円もする。この頃、円安・ユーロ高で1ユーロ、170円近いということもあり、ＩＴ産業の社長ならまだしも、大学の教員風情にとどく金額ではなかった。

そして、その心配は的中した。サバティエ大学のデスカルグさんの計らいでＩＡＳ（航空宇宙専門学校）の学生寮に一時的に滞在することとなったが、イモ回りは、結局、自分達の足でする他なかった。ＩＡＳはどうやら航空に関するＭＢＡを取得するための学校らしく、寮と教室が一体化していた。寮には様々な人種の人が住んでいた。私達の寮の階には、インド人やアラブ系の人達が家族で住んでおり、子どもたちが廊下を走り回り、夕方にはそれぞれのお国の夕飯の匂いが立ち込めていた。

ジャン・リュー通りの不動産屋

トゥールーズの3月中旬、雨、雨、雨、あまりにも雨の日が続いていた。妻はフード付のレインコートを買うことにした。雨風が強く、傘を差してベビーカーを押すことができないからである。しかし、近くには店などもない。ようやく中心街のカジノというスーパーで紫色のレインコートを一つ見つけ、それを頭からかぶって仕事着にした。時折、晴れ間もみせるが、それは本当に時折のことであって、普段はたいてい雨が続き、風が木の葉を舞いあげ、コートと傘があっても指先は凍りついている。たまに晴れると、「イルフェ、ボータン（よい天気ですね）」というのが挨拶代わりだ。そんな天候の中で家探しをするのは気が滅入る。宮澤賢治の詩ではないが、雨にも負けず、風にも負けず、左にアパルトマンがあると聞けば、左に行き、右にアパルトマンがあると聞けば、右に行くしかない。妻と交互に安物のベビーカーを押して、イモ（不動産屋）回りをするのである。フランスの歩道はデコボコしていて、犬の糞もあちこちに落ちており、工事中で通れないこともしばしばだ。何度も何度も押していると、ベビーカーを操る腕が否が応でも上がっていくのである。例えば、ベビーカーにスーパーの荷物をくりつけると、大量の買い込みが可能になり、まるで台車や荷車を1台持っているかのように便利である。イモから帰る時は、ベビーカーがパンパンに膨れ上がる。まるで工事現場の三輪車で土砂を運ぶがごとく、押して、押して、押しまくるのである。ミネラルウォーターや、玉ねぎ、ハム、ソーセージ、カモのテリーヌ、りんごやキウイを車の後ろの袋に詰め込み、ハンドルのところにさらに鞄をひっかけ、真音の体重でバランスをとるのである。日本で生活していた時には、思ってもいない程の活用度である。なおかつ、子どもが乗っているので、転覆させるわけにはいかない。上達するはずである。

最初のうちは、そうした状況を笑うことができても、際限なく、アパルトマン探しと、買い出しの日が続くと、神経は苛立ち、言い争いも日常茶飯事となり、次第に、気まずい状態になってくる。おそらく、いかなる海外生活者も一度は通過する儀礼のようなものだろう。留学の入口は誰しも憂鬱なものでしかない。

しかし、真音にいたっては、そのような嵐が起こっていても、寮の中庭にあるすべり台や、ぴよぴよ組で練習した、「みんなで、かけっこ、よーい、どん」が楽しいようで、運動会を披露してくれる。ママが、寮のコンロで料理をしているのを見ていると、「まいんもできるよ」と言って、森の中の落ち葉を拾って、野菜炒めを作ってくれる。よく見ると、寮の外には、日本では見たことのないような大木が茂り、様々な棒が道端に落ちている。真音は棒を集めることに余念がない。

雨の日であっても、風の日であっても、ベビーカーの雨除けの中で、公園で遊ぶか、お菓子を食べるか、ジュースを飲むことしか考えていない。例えば、メトロの昇降ボタンや、お菓子やジュースの自動販売機のボタンがおもしろいらしく、遊園地の遊具のようで、自分でボタンを押さないと気が済まない。いくら親がイモ回りで疲れていても自動販売機からポトンとポテトチップスが落ちると、手を叩いて喜んでいる。雨除けのベビーカーは快適らしく、小さなタンバリンを持って童謡を歌う。

私達の仮宿ＩＡＳは、フランスの宇宙工学の粋を極めた研究所棟の広大な土地の中にあるというと聞こえはいいが、７時過ぎにはバスもストップする雑木林の中にあるといった方が適切だろう。ちょうどポール・サバティエ大学の裏にあるが、女性の1人歩きはできない。近所にはスーパーもコンビニも何もない。頻繁にバスが来る通りに出るのでさえも小1時間歩かなければならないのだ。IASの中にレストランはあっても平日の昼間しか営業していないのである。従って、イモ回りから戻り、雨が降り、風が吹きあげ、バスも通らず、街灯のない雑木林の中の道路をひたすら歩くのは、運動というよりも苦痛と危険以外何ものでもない。食べるものはない。それだからこそ、早くアパルトマンを見つけなければならない。私達は仕方なく、タクシーを使うことを考えたが、メトロの駅付近にタクシーの乗り場の看板があっても、止まっているところを見たこともないのである。大学前の道路も広すぎて、タクシーが通っても止まる気配はまったくない。私達は、ベビーカーを押しながら毎日10キロ近くは歩いていた。

しばらくして、入居時に電気コンロの点検をしに来た人から電話があり、この寮の中に日本人が1人いるのでいろいろ聞くとよいということであった。親切な防災センターの職員の方だと思っていると、後に、IASの校長であり、寮の責任者であることがわかった。彼の名は、マルクと言った。

私達が、連日のイモ回りに疲れ、残り少ないパンと水で質素な夕食をとっていると、「川端と申します。この近くにカルフールというダイエーのような大きなスーパーがあるので、これから行きますが、一緒にいかがですか」と誘ってくれた。時計を見ると、19時になろうとしていたので、明後日、買い出しに行くこととなった。川端さんは、車を持っていたのである。

そうして、私達は、真音も連れて、川端さんの小さな車に乗り込み、カルフールで大量の買い物をすることができた。IAS近辺の雑木林とは違い、日本の郊外型ショッピング・センターのような店は、鬱々とした気分を解放してくれた。フランスのありとあらゆる商品が並んでおり、特に食料品は新鮮な野菜や果物が豊富で、フランスの魚やトゥールーズ・ソーセージやカモ肉、数えきれない程のチーズが圧巻であった。みるみる間に大きなシャリオ（カート）2台分に食料品などがいっぱいになった。東京のラッシュ時の地下鉄状態で、川端さんの車には載らないほどであった。私の左手で掃除道具の柄を支え、右手でアップルパイを抱え、ママの膝に座る真音がアップルパイの蓋を開けようとするのを制止しながら荷物を運んだのである。

これでしばらくは水と食料に困らない。留学中、フランスの水のことは実際のところよくわからなかった。水道の水が飲めるのかどうか、誰に聞いても釈然としなかった。かつてモーツァルトが母をパリに呼んだ時、パリの水が母を殺したと叫んだように、異国から来ると、フランスの水を飲むことには抵抗がある。よくわからないのでミネラルウォーターを使う他ない。過敏になり過ぎていたのかもしれないが、病気になるわけにはいかなかった。

そんな折、とうとう、真音が熱を出した。連日のイモ回りと、雨と風、気候の変化が災いしたのか、いつも元気な真音が動かなくなってしまった。熱を計ると、40度近くに上がっていた。私は、寮のレセプションに小児科を探してほしいと頼んだが、遠く離れたブラニャック空港近くのピュルパン病院にしかないというのである。近くに小児科さえないとは信じられないことだった。おそらく情報がないだけだと思ってみても、一事が万事、すべてがその調子なのである。子どもの急な発熱というのはよくあることではあるものの、出国してからずっと元気でいた真音が赤い顔をして苦しむのを見ていると、こうした事態でさえも、さすがに儀礼とはいえ、怒りと無力さで、少々、留学の壁を感じるようになってきていた。

＊　＊

それでね。まいんは、熱が出て、喉が痛いので、タクシーを呼んでもらって病院に行きました。運転手さんは「任せて下さい」とか、そのようなことを言い、子どもの病院へ連れて行ってくれました。大きな子ども病院で、日本の子ども病院のように、積木や、おもちゃや、絵本のコーナーがあったので、やっとまともなところで遊べると思うと、熱や喉の痛みはどうでもよくなりました。パパとママはとても心配しているけれど、馬のおもちゃに乗れるならそれでいいと思いました。私は、遊びたくて遊びたくて、そこを動かないでいると、ママは「お熱があるから遊べないのよ」と怒るのです。私のことを心配しすぎるママは怒りんぼママなのです。そうこうしているうちに、病院のお姉さんが、私を抱きかかえ、受付の横にある診察スペースで、口を開けて喉を見ようとしました。私は、恐くて体が震えました。何をされるかわかりません。パパやママは、見ているだけです。私には、病院のお姉さんがバイキンマンにしか見えなかったのです。早く、日本に帰りたいと思いました。

バイキンマンは、2人がかりで私を押さえ、針のない注射器のようなものを取り出し、ピンクの液体を口の中に入れようとしました。私は、こんなところで、バイキンを飲んでたまるものかと思い、2才の女の力をすべて出し切るかたちで、拒みました。しかし、それでも口の中に甘い液体が残り、少し、飲み込んでしまいました。

それが終わると、また、馬のおもちゃに乗りたくなり、見たこともないおもちゃに触りたくて、必死でおもちゃのコーナーへ行きました。壁には、ゾウさんやキリンさん、お猿さんの絵がたくさん書いてあり、日本に帰りたいという気持ちも、忘れてしまいました。病院のお姉さんが私に飲ませた薬は、飴のように甘く、次第に気分が楽になってきたからです。これでいつものまいんに戻れると思いました。

パパやママと一緒に診察室に入ると、またまた、フランス人のお兄ちゃん先生が待ち構えていました。まいんは、もう一回、フランス人のお兄ちゃん先生に口を開けることはどうしてもできませんでした。日本と似ていても、何か様子が違っているのでした。日本にいた時は、茶色の病院の、若い女の先生か、ダイエーの中にあるおばあちゃん先生のところにもよく連れて行かれましたが、フランスとなると、もう怖くて怖くて動けなくなるのです。ママが「口を開けようね」と言うけれども、どうすることもできないのです。

まいんは、「不思議の国のアリス」のように、いつも自由に遊んでいたいのです。そして、おもしろいものを見たいのです。口の中をこじ開けられるのは絶対にいやなのです。

そうすると、今度は、おしっこの検査ということで、パパとママの3人でトイレに行きましたが出ません。出ないものは出ないのです。口の中を見られるのも、おしっこをとられるのもいやなのです。パパとママは次第に苛立ってきているようでした。

帰りたいと思っても、なぜか、帰ることができませんでした。しばらくすると、厳しそうな男の先生が入ってきて、パパとママがベッドで私を羽交い絞めにしている間に、ライトで、喉の奥を見られてしまいました。まいんは恐ろしさのあまり絶叫しました。

*　*

「フランス、フランスって、子どもを泣かせて何がフランスよ」と妻が逆上した。真音はといえば、ピンクの風邪薬を飲まされて、ちゃっかり元気になっていた。私は、異国に住むが故の不協和音にくたびれて、正直、子連れの留学は厳しいと思った。IASの川端さんは、30代であろうか、真音と同じ齢の娘を日本に残し、単身、フランスに来ているとのことである。私は、不可能なことをしようとしているのかと疑念を持ち始めていた。川端さんの話でも、他の日本人の話でも、日本人ないし、日本人同士の夫婦がアパルトマンを借りるのは、フランス人の強い保証人でもいなければ、無理だということである。連日、真音を連れ回し、イモ回りをしても、一向に話が進まない。しかし、どのようなアパルトマンでもよいということであれば、借りることができそうな物件はいくつかあるのである。これもまた、小児科の場所と同じで、情報不足が原因しており、これといった解答はない。デスカルグさんは歓待してくれたが、日本人同士の夫婦が、まるでフランス人のように、普通にアパルトマンを探すことにはたいして協力的には見えず、どこまで頼ってよいのかわからないまま、積極的に保証人をお願いすることもできずにいた。

日本の場合であれば、海外から研究者が留学に来ると、たいていは、住むところなどは大学近くの公団か、大学の施設を提供する。それが、連日、市内の繁華街でイモ回りしているとなると、「この男は、何をしに来たのか」ということになる。実際、デスカルグさんから提案されたアパルトマンは、大学の傍にある公団のような物件であった。しかし、その物件には風呂がなかった。おそらく、風呂がないことを理由に他の物件を探し回っているとすると、さらにまた、「この男は、何をしに来たのか」ということになる。妻も私も大の風呂好きで、勢い、住居を選んだとしても、1年間、それがないというのも、耐えがたいのであった。フランスの住居、アパルトマンには風呂がついているところもあるが、ないところも多い。フランス人には風呂に浸かるという習慣はないので、日本人の風呂志向は理解し難いようである。実際、デスカルグさんのお宅には立派なシャワーはあったが、風呂はなかった。浸かると、心が安らぐということを説明するのも難しい。

おそらく、デスカルグさんはこのように考えたのだろう。この日本から来た夫婦が悩んでいるのは、子どものことに違いない。マインを幼稚園に入れることを悩んでいるに違いない。大学近辺の幼稚園にマインの入園が決まれば、ケンジは、住居を決めることができるだろう。

第4章　3才の留学準備——真音の幼稚園探し

幼稚園探しの途中、通りがかりの公園で

デスカルグさんの奥さんの付き添いで、大学近辺のランゲェィユの幼稚園で交渉したが、まだ小さすぎるという理由で、取り合ってもらうことはできなかった。日本の幼稚園は、たいてい、3才から入れるが、フランスの場合は、9月入園ということで、9月にならないと入れないということであった。ランゲェィユは、人の話によると、トゥールーズでも下町になるところらしい。私達は、トゥールーズの山の手も下町も、あるいはそういう言い方ではないにしろ、治安の善し悪しもわからないまま、真音を入れる幼稚園を探していた。

確かに、3才になったばかりの真音は、小さすぎた。マダム・デスカルグの話によれば、フランス語がまだまったく話せないので、まずはギャルドリーという託児所に預けるのがよいのではないかということになった。

ランゲェィユの市営住宅の一角にゾウやキリンを描いたギャルドリーがあり、預かり保育をしているところがあった。フランスでは、クレッシュとギャルドリーという二つの託児所がある。前者のクレッシュとは主に共働きの夫婦をサポートするそうであり、後者はそういう条件もなく受け入れてくれるそうである。しかし、いずれも定員待ちで、倍率が高いらしい。フランス人でも入れないことも多いそうである。真音は、窓から見える小さなすべり台や、遊具に魅かれて「ここに来る」というが、私達は、果たしてそれでよいのかどうか、ランゲェィユの公園でクロワッサンをかじりながら途方に暮れた。

トゥールーズは、メトロで北と南に分けるとすると、中央のジャン・ジョレスで大きく分かれる。ジャン・ジョレスを降りると、有名なウィルソン広場があり、いわゆる繁華街へと道がつながっている。おそらく、市役所の前にあるキャピトルと、円形をなしているウィルソン広場の二つがトゥールーズの中心と捉えて間違いはないだろう。そして、ジャン・ジョレスを境にして、メトロで南に下ると、10分ほどでランゲェィユに着く。ポール・サバティエ大学近辺には、正門前と、薬学部の前と、もう一つ、ランゲェィユの駅があり、私の研究室はランゲェィユから数分のところにあった。

最初は、住居を決めてから幼稚園を決めるという風に考えていたが、デスカルグさんは途中から、幼稚園を決めて、それから住居を決めた方がよいとアドバイスをしてくれた。幼稚園が決まらないままアパルトマンに住むこともできないので、幼稚園探しと、イモ回りが振り出しに戻ったのである。まさに卵が先か、にわとりが先かという問題である。それ程、フランスの幼稚園に入園するのは難しいらしい。ギャルドリーや幼稚園の入園には、フランス人でさえ、神経を苛立たせていた。

また、幼稚園にしても、公立がよいか、私立がよいかという問題もある。フランスの公立は、行き届いているとは聞くものの、私立という選択肢もないわけではない。子ども病院でものの見事に女優を演じてくれた真音を預けることができるギャルドリーや幼稚園はどこにあるのか、少なくとも、現地の日本人の声を聞く方が安全である。

兎に角、真音の幼稚園探しをするために、今度は、サントル・ヴィーユの幼稚園を当たることにした。といっても、当てがあるわけではなかった。街を歩いていると、幼稚園らしい建物や、遊具、そして子どもの声が聞こえてくる。私達は、1日中、真音の相手をしてくたくたに疲れていたので、それらしく入れてくれるところがあればそれでよいのではないかとも思い始めていた。寮生活も長く、真音は、小さな部屋で、DVDで漫画を見ているか、お菓子を食べるか、パソコンに付いているキティちゃんのゲームをして遊んでいる。3才児といえば、たいてい、どの子も自宅で遊んだり、お菓子を食べたりしているだけであるが、狭い寮の中でポテトチップスを食べながらDVDばかり見ているカウチポテト族になるのは早すぎる。子ども同士でかけっこをしたり，ダンスをしたり、歌を歌ったり、木の実を拾いに行く方が健全である。少なくとも、日本の幼稚園に通っていた時は、楽しそうであった。また、夫婦が交代でブランコやすべり台に連れていき、真音の相手ばかりをして、留学の時間が過ぎていくことにも焦りを感じていた。

何軒か、幼稚園を見つけると、真音は門の中に入り、すべり台をしたいと泣き叫ぶのである。「まだ、幼稚園には入れないよ」となだめて、私達は、その幼稚園の名前と住所をノートに付けていくしかなかった。幼稚園は、様々なタイプがあるようで、鉄格子で仕切られた託児所に近いものもあれば、敷地が広く、遊具が豊富にあるところもある。果たして、真音をどのような幼稚園に入れるのが適当なのか、悩みの種となった。託児所に近い幼稚園であれば、監視の目が行き届き、危険性が少ない反面、外へ出ることなく、カウチポテト族の延長のような気がしてならない。敷地が広いと、伸び伸びと走り回り、大好きなブランコやすべり台をするのだろうと思うけれども、外国で怪我をするようなリスクがある。親としてはどちらがよいとも決心がつかないので

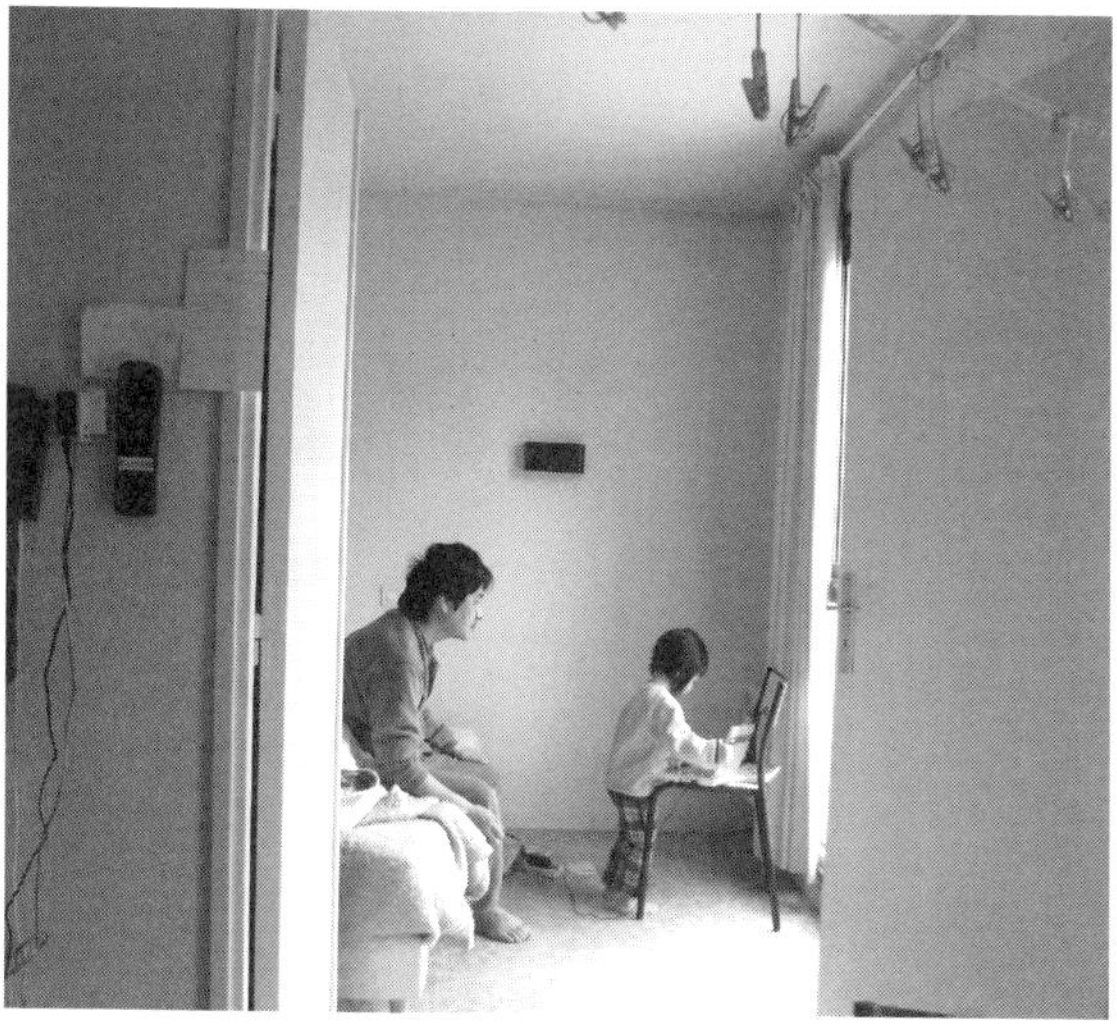

IAS寮の部屋での様子

ある。それは、もうすでに子どもの就職先を案ずる親のような心境である。

＊　＊

フランスのお家は、靴を脱ぎません。でも、ママは、フランスでも日本と同じようにして暮らしたいのだそうです。ベッドも、寮独特のものかは知りませんが、とても固く、狭いので、日本のように川の字で寝られる和式スタイルに変えました。ベッドをたたんで、マットを三つ並べるのです。そうして、掛け布団をかけると、旅館に泊まっているようになります。部屋にお風呂もついていましたが、次第に、別府の温泉の素を入れて、温泉タオルをかけておくようになります。そして、洗濯物は、部屋の端から端を紐で結んで、運動会の時に見かけるような国旗の飾りのようになりました。洗濯物の下で、ごはんを食べるようになり、何度も、その紐がほどけて結び直すということをしていました。それで、狭いながらもこのように家ができてくると、洗濯物が泥のついた床に落ちることは許せないので、今度は、入口のドアから50センチ位を玄関と考えて、その辺りに、靴置場を作ることになりました。パパは、何も考えず、フランス式でずかずか入ってくることもありましたが、それを、再三、注意、監督するのはまいんの役割となりました。日本の習慣とフランスの習慣が交差していました。「なぜ、パパはフ

IASの寮の中に、セルフでコーヒーやショコラを飲むスペースがあり、そこで、真音は、いつもショコラを飲んでいた。窓の外の森ではリスが飛びはねたりしているのが見えた。上がり目、下がり目がお気に入り

ランスに来たの？」と質問しても、パパは苦笑いをするだけで何も答えません。フランスがよいか、日本がよいか、フランスがよいように見える時もあれば、日本の方がよいように見えることもあります。ただ、まいんとしては、不思議の国に来たようで、次から次へと、見たこともないものが見えたり、食べたことのないものを食べるのはとてもおもしろいことで、不思議なことに、日本に帰りたいとは思いませんでした。パパとママがいれば、どちらにいても同じことなのです。

フランスのパンは、とてもおいしいです。ママが買ってくるカモのテリーヌもすでに大好物です。それに対して、フランスのごはんはおいしくありません。川端さんの車で買い出しに行った時、サムライの絵を描いた「日の出」というお米を大量に買いました。それにふりかけをかけて食べるのです。フランスの野菜や肉の食材と、「日の出」のごはんをいっしょに食べるとなんとなくおいしくありません。結局、バゲットとスープ、いんげん豆を煮たカスレと、カモのテリーヌといったものを食べる他ないので、仕方なく、バターばかり食べていると、小児科でピンクの薬（解熱剤）を飲まされた時のように、まずいごはんにアンパンマンのふりかけをかけたものを食べるように叱られるのです。

いつも食べている食卓のテーブルには、オリーブとセミの絵が描いてありました。フランスでは、料理の中にオリーブがたくさん出てきます。まいんは、オリーブが大好きです。どこのレストランに入っても、オリーブをむいて食べるので、いつも、まいんの前には、オリーブの皮が山のようになりました。また、なぜか、セミの絵を多く見かけます。この間、ランゲェィユの住宅街で、大きなセミが2匹、玄関のところにとまっているのを見ました。そのセミは、幼稚園で塗り絵をしたような色合いをしていたので、子どもが描いたものかもしれません。セミの図柄はなんとなくおもしろいので、この寮の家のことを「セミの家」と呼ぶことにしました。パパは、フランスには、お菓子の家があると言っていましたが、今のところ、見つけることができません。

セミの家は、森の中にある家で、奇妙な鳥や、動物の鳴き声などが聞こえてきます。パパと留守番をしていた時、大きな木の上をぴょんぴょん飛び跳ねるリスを見つけました。いつもは、野良猫かカラスやハトしか見えませんが、絵本の世界のように長いしっぽのリスが、木の実を探しては、木を登ったり、下りたり自由自在なのです。

＊　＊

幼稚園探しと、家探しを続けて、1ヶ月が過ぎようとしていた。飛び入りで入った不動産屋から紹介されたアパルトマンには、掘り出しものもあった。部屋は3部屋もあって、贅沢なスペースがふんだんにある。風呂もあった。街の中心部にあり、家賃も700ユーロで、予算内であった。近所に格安のスーパーもあり、生活もしやすく、何よりも、家の前に大きな公園があり、真音を遊ばせる環境にも適していると思われた。ただ、アパルトマンというよりも、ビルの建物の半地下であり、日当たりがよくなかった。

私達は、おおよそこの物件で決めようと考えていた。しかし、その物件に決めた途端、真音の幼稚園が決まらず、振り出しに戻ることは避けなければならないので、IASの寮長のマルクに相談したところ、その物件の近くの幼稚園に問い合わせてみるということだった。後日、デスカルグさんと、マルクと私達3人で、彼の研究室で相談したところ、どうもそのアパルトマンの物件は日当たりもよくなく、たいして勧めないようなことを言った。また、幼稚園の園長とも連絡が取れず、長く放置された。

この頃、私は大学で研究室の一角を貸してもらい、インターネットが自由に使える環境を整えることができた。研究会も金曜日に必ず1回は開催され、経営系のプレゼンテーションが行われていた。

そうこうしているうち、とある日仏カップルからその物件に近いアパルトマンを紹介するので来ないかという案内が来た。それは、青天の霹靂であった。

早速、私達は、いつものように、3人でお宅訪問をした。今度のアパルトマンは3階にあり、日当たりは良好で、部屋もかなり広かった。住人は、郊外に引っ越し、ペンション経営をするらしい。問題点といえば、床は、ギシギシと音が鳴り、上の階に住むマダムの煙草の煙が子どもの部屋に入る位だというので、この際、幼稚園情報と、日当たりが保証付きであればと思い、今度は誰にも相談せず、そこに住むことに決めた。幼稚園には、近所にカオソウという伝統のある私立の幼稚園と、公立の幼稚園があり、私立の方は定員があるので必ずしも入園できる保証はないが、公立であれば、申請さえすれば、9月から入れるだろうという話であった。私達は、2ヶ月近くもかかった家探しと、フランス語の壁に疲れ切っており、風呂もあり、日当たりもよく、幼稚園も近いということで、FONCIAというう大手の不動産屋との交渉に挑んだ。契約書のサインや保険の加入など、最後まで息が抜けなかったが、ようやく住む家が決まった。後は、手続き上の問題となったので、3人ではじめてトゥールーズ近郊の街を見て回ることにした。フランスに来たというのに、買い出しや、不動産屋回りで、苛立ち、衝突ばかりしているのは御免こうむりたい。たまには出かけるのもいい。

＊　＊

その家には、まいんより1才上のソラ君という男の子が住んでいました。私達3人が家を見に行くと、はしゃいでモップがけを見せてくれたり、子ども部屋にあるたくさんのおもちゃを持ちだして走り回りました。私も、バケツに水を入れてモップがけをしてみたいと思いました。その子の部屋に入ると、電車や自動車や数えきれない程のぬいぐるみや絵本があったのでとてもうらやましく思えました。散々、2人ではしゃぐと、ソラ君は、テレビで、日本の新幹線のビデオを見せてくれました。そして音声のボリュームを上げすぎるので、日本語でママに叱られていました。まいんは久し振りに日本の風景を見ました。

ママが、「この家に住むことに決めたよ」というので、「セミの家にはもう帰らないの？」と聞き返しました。セミの家にも慣れてきて住みよくなってきた頃です。そこではいつでも自動販売機でショコラを飲むことができたり、リスや小鳥がたくさん、出て来ます。食堂もあって、広い中庭にはブランコもすべり台もあり、ほとんど1人で遊ぶことができます。食堂に住んでいる黒猫とも友達になりました。

でも、ソラ君の家に住むことが決まると、もう、あっちに行ったり、こっちに行ったりしなくてもよいそうです。何だか、楽しくなってきました。

第5章　南仏ミディ・ピレネー

カルカッソンヌの古城

✤トゥールーズ近郊の街並み

トゥールーズを来訪して2ヶ月が過ぎようとしていた。その間、イモ回りや、幼稚園回りで、トゥールーズ市街については随分と詳しくなってきた。最初、森の中の宿舎に入った頃は、大学の留学センターに何度も連絡を取って、トゥールーズ市庁舎へ滞在許可証を取りに行くことや、セキュリティベスト（盗難防止チョッキ）にカードや大金を入れて銀行に行くことが日課であった。何度も、何度も、担当者と押し問答をして、入国を拒否されているのかと思う程、手続きが煩雑であった。しかも住む家さえ見つからないのである。滞在許可証を得るための次から次への関門は、南仏に抱いた柔らかなイメージをことごとく潰してくれるのである。企業人で即座に仕事を開始しなければならない状況にあれば、こうした関門にゆっくりと立ち向かう時間の猶予はないだろう。もし仮に、この件をすべて業者に依頼するとなると、少なくとも、60万円から100万円の費用が発生する。今や、未曽有の不況と化し、地方大学にはそうした支度金を支払う資金の余裕はなく、5年も前から決まっていた渡航でさえ、気持ち良く送り出してくれる環境はまったくないのが実情である。折しも、国立大学や公立大学は、独立行政法人化され、無駄な経費を削減することに余念がない。日本の大学は、学術・研究というよりもマネジメントとして成り立つかどうかが最大の課題となっている。教員は遊んでいるようにしか見えないらしく、複雑な学内運営をはじめ、出前講義にノルマが課され、さらには新たな広報・宣伝業務も開拓させられる。少ない人員で、コマ数の調整を行いながら、新たな事務の仕事が次から次へと増えていく。

そうした中で、早く、手続きを終え、南仏のゆっくりとした時間に身をゆだね、13年目にして実現した留学を満喫し、手ごたえのある成果をつかみたいと思うのは、ごく自然なことである。それが、今度は、あまりにも呑気で、いつになっても仕事をしてくれないフランス人と、日々、けんか腰に手続きを踏んでいかなくてはならないのである。日本ではこき使われ、フランスに来ると、相手にされず、何度も、何度も交渉しなければ物事が進まないというストレスは、表現し難いものがあった。しかも、私達は、留学の経験はなく、すべてが一から学ぶことである。こうした状況では物事をまともに考えることはできない。

家が見つかって、ほっとしたのも束の間、ガスや電気、水道の開栓、家具の調達という関門が待ち構えていた。この年、気温は低く、雨と風の春の嵐が幾日も続いて、私達は疲れ切っていた。ベッドがあれば、しばらく寝ているだけでよいという心境になってきていた。ある日、私は家族3人分の水を鞄で仕入れに行ったことで、肩を痛めてしまった。さらに、鞄の手持ちのところもビリビリに裂けてしまい、買い出し用の袋にも困ってしまった。川端氏のように、すぐさま車を調達することが何よりのストレス軽減策である。ただ、フランスにはオートマの車はほとんどない。車のマニュアル操作ができないと、普通の生活ができないと言っても言い過ぎではない。

それでも、住居も、ギャルドリーもある程度、目途がついたので、もともと南仏に抱いていた、明るく、陽気な空気を吸いたいものだと思った。

手始めに、中世の城カルカッソンヌ（ヨーロッパ最大の城塞都市）へ行くことにした。トゥールーズから電車で1時間程である。駅からベビーカーを押して高台まで歩いて行くと、相当、歩くことになるが、その荘厳な城を一望する否や、感動と驚きで言葉を失う。中世の魔女や、妖精が登場するアンデルセンの童話の挿絵のようにそのままの姿が残っている。城の中は、一つの街となっており、数多くの店が並んでいる。カスレを中心とするレストランも至るところにある。私達は、騎士の遺品を多く飾っているレストランでカスレを食べた。カスレとは、白インゲンを煮て、中にソーセージが入っているものである。真音は、オニオンスープとパンである。私は、即座にベビーカーをたたみ、置き場所を発見することに慣れてきた。真音は、この城には、王子様がいるのかと聞くが、おそらくいるのだろうと答えておく。

私達は、カルカッソンヌの旅に随分と気を良くした。新しいアパルトマンに入居するための改装工事が1ヶ月以上遅れて、待たされていることに、ややもすれば自暴自棄になるところを、この近辺の名所を知るというポジティブな心境に切り替えるために、せっせと出かけることにした。トゥールーズ近郊には、カルカッソンヌ、アルビ、カストルなど、それぞれに特色を持つ魅惑的な街がある。トゥールーズと言えば、ロートレックであり、趣味嗜好を度外視しても、それをはずことはできない。その美術館はアルビにあった。アルビへの旅は、中世の神秘を残すカルカッソンヌとは異なり、街並みは、トゥールーズ以上に、薔薇の街であり、薔薇一色で埋め尽くされているようである。トゥールーズ・ロートレックの美術館は、軽やかな美術館で、彼が日本好きであったことをうかがわせる日本庭園がこしらえてあったり、有名な「日本の長椅子」の絵が目立つところに飾られている。カストルもまた、トゥールーズ近辺に位置しているが、三つの街の中では、強烈にスペイン的であり、社会主義者ジャン・ジョレスの出生地ということで、

カストルのアグー川に止まっていた観光船に乗り込み、どこへ行くのかわからないまま、船内を写していた

中央広場にその銅像がある。ちょうど、アグー川に観光船が止まっていたので、ふと、乗ってみることにした。すると、到着地点は、大きな公園であった。真音は大喜びで、砂場に行ったりブランコをしたり、すべり台をしたり、イノシシにパンをやったりヤギに葉っぱをやったりして、遊び回った。おかげでカストルの名所を一つも見ることができず、アグー川の船遊びに来たようなものであった。ここでは、パリ祭の日に、盛大にフラメンコショーが開催されるそうである。

南フランスという地理上の範囲は広くて、それぞれに特色が異なっている。トゥールーズのフランス語は、美しいフランス語と言われているが、実際は、スペイン訛りのフラン

観光船の最終地点は大きな広い公園になっていて、たくさんの遊具、池、花があった

ス語を使う人が多い。セ・ビアン？ではなく、セ・ビエン？である。ミディ・ピレネーの麓に位置する南仏圏内のフランスとは何か。私達はそれを探ることをもう一つの目的としていた。コート・ダ・ジュールの底抜けの明るさでもなく、プロバンスの田舎暮らしとも異なる。ここには森の精が生きているようなやすらぎがある。

✤ミディ・ピレネーの水脈

フランス南西部のミディ・ピレネー地域圏は、大西洋と地中海の間に位置している。その面積は、ほぼ九州に等しく、240万人の人々が暮らしている。人口の少ない方から列挙すると、アリエージュ県、ロット県、ジェール県、タルヌ＝エ＝ガロンヌ県、オート＝ピレネー県、アヴェロン県、タルヌ県、オート＝ガロンヌ県という八つの県がある。トゥールーズはオート＝ガロンヌ県に位置しており、約100万人の人々が居住する大都市である。従って、トゥールーズはミディ・ピレネー地域圏の一都市であるが、ミディ・ピレネーのすべてではない。それぞれの県に特色がある。例えば、アヴェロン県では、「グラン・コース（Grands Causses）」と呼ばれる石灰岩の高原地帯があり、最近では、世界一高いと言われるミヨー橋が有名である。ミヨー橋の吊り橋で一躍、有名なったアヴェロンであるが、何もなく、寒々しく、だだっ広い高原のイメージは、少なくとも、ミディ・ピレネーの一つの特徴である。むしろ、そうした厳しい気候であったので、ロックフォールチーズが生まれたとも言える。そこに、日本人が、ミディ・ピレネーを南仏として捉え難い理由の一つがある。常に、温暖で天気は快晴、青い空と青い海、ただただぶどう畑が目の前に広がっていてほしいという夢を充分に実現してくれないところである。南仏と言っても、ポーのように降水確率の高い所もあれば、モンペリエのように快晴の日の多い所もある。

ミディ・ピレネーには、世界で一番美しい村と称される、サン・シル・ラポピー、ロカマドゥール、フィジャック、サルラ、コンクといった名所もある。ただ、交通機関に乏しく、車がなければ行くことができないところが難点ではある。

また、ミディ・ピレネーは、フランスとスペインの国境に位置しており、ボルドーなどのアキテーヌ地方とも異なり、アルルやアヴィニオンといったプロバンス地方とも異なっている。山があり、広大な畑や田園がある。馬がいて、羊がいて、ヤギがいる。牧歌的とでも言うのだろうか、常に、山の麓で、焚き火をして、世界一おいしいチーズを食べ、カモを食べ、ワインを飲んでいる。トゥールーズは、一種、南フランスの大きな山小屋になっている。山小屋の暖炉のような温かさである。暖かくても、寒くても、山登りをしても、してなくても、最終的に集う、暖炉である。

そして、トゥールーザン（トゥールーズに住んでいる人）は、必ずと言ってよいほど、ガロンヌ川よりも、街中を流れているカナル・デュ・ミディ（ミディ運河）の景観を賞賛している。運河の両脇に聳える木立はどこまでも高く伸びている。休日になると、川沿いを散歩したり、静かで、穏やかな時間を楽しんでいる。トゥールーズ・マタビオ駅から地中海方面の列車に乗ると、必ず、カナル・デュ・ミディが見える。カナル・デュ・ミディの向こう側には、広大なぶどう畑や、ひまわり畑、様々な畑が水平線が見える程遠くまで広がっている。

第6章　トゥールーズの街かど

エスキロール近くの公園（真音はピノキオの公園と呼んでいた）

✤フランスの公園

トゥールーズの中心街（サントル・ヴィーユ）には、観光案内所のあるキャピトル広場と移動遊園地のあるウィルソン広場があり、その二つの広場がもっぱら市民の憩いの場所となっている。いずれも、噴水が湧き出て、雄大な枝ぶりの木々が強い日差しを遮っている。小さい子ども達は、キャピトル広場に行くと、噴水の周りに点在する遊具で遊びに夢中になる。大きな円盤に、子どもも大人も寝そべり、空に向って回転させるのである。最初は、元気に飛び跳ねるフランス人の子ども達の勢いに押され、棒立ちしている真音であったが、要領をつかむや否や、飽きるまで家に帰ろうとしなくなる。フランスの公園はみな、清掃が行き届いている。広い芝生をかけめぐり、子ども達が思い思いに遊べるスペースは、それほど人工的でもなく、ごく自然に配置されており、こうした公園の規格は見事としか言いようがない。一方、ウィルソン広場は大人の公園であり、子どもが遊ぶスペースはない。中心街の公園にしては、こじんまりとしている。高齢者をはじめ多くの大人が手入れの行き届いた花壇や木々を眺めながらベンチで過ごすのである。ただ、移動式のメリーゴーランドが夜遅くまで動いていて、時折、風船を売

どちらもキャピトル広場にある遊具で、ぐるぐると回転する。左は一番人気の遊具なのでなかなか、真音は乗せてもらえないが、順番を待ってやっと乗れたところ。後ろは市庁舎

る者や、路上パーフォーマンスをする者が現れ、トゥールーズでは最も賑やかな場所となっている。

フランスの観光名所には、所々にメリーゴーランドがあり、街全体が遊園地であるかのような錯覚を抱くほどである。何も知らない真音は、光輝くメリーゴーランドが気に入って、何度も何度もそれに乗せろとせがむようになった。3才の娘には、そこがディズニーランドとどのように違うのか区別がつかないようである。

トゥールーズの観光客から生活者へと移行しつつある時に、真音は、道端で大の字になり、「メリーゴーランドに乗せないなら、ここを動かん」と大きな声で泣き叫んだ。これくらいの子どもには、すべり台やブランコで充分である。私達は、滞在許可証の申請や、予防注射の証明書の交付や、携帯電話の契約などに、度々、中心街へ出なくてはならなかったが、真音は、そんなことはおかまいなしに「大きな栗の木の下で」などの童

謡を声がかれるまで歌い、公園で遊ぶことしか頭にないのである。

日本の場合も、子どもを遊ばせる公園は数知れない。しかし、トゥールーズの街中にある公園と比較すると、いささか趣が異なる。第一に、まるで植物園かと思うほどの緑の多さである。第二に、小さな子どもが遊ぶスペースは網で囲いがあり、転んでもダメージが少ないようなクッションが必ず敷かれている。第三に、清掃が行き届き、清潔である。もちろん、日本の公園にもすぐれてよいところもあるが、少なくとも公共という思想の違いが見え隠れしている。道端で大の字になり、わがまま三昧の娘に、ヨーロッパの公共性などほとんど理解していない親が、いったい、何を教えることができるのだろうか。当面のところ、真音をベビーカーに乗せ、足早に運び去るしかなかった。

ある日、私は、自宅の前にある小さな公園に真音と手をつないで遊びに行った。夕暮れ時で、家でごろごろしていると、妻に「真音と二人で公園に行っておいでよ」と声をかけられた。娘は、つい先日、カルフールでバケツを買ってもらったので砂遊びをしたいらしい。バケツにはテレビで流行りのドーラちゃんという女の子の絵が描いてあった。それを手に持って公園の入口まで来た時、中から出てきた3人の兄弟のうち、一番小さな男の子が、すれ違いざまに、真音のバケツを力任せに奪いとろうとしたのである。私は、あまりに突然のことで、その母親の

キャピトル広場にて。たまたまフランス人の子どもと一緒に乗っている

前で男の子を叱るべきか、あるいは、怪我をしないよう、真音にバケツを放すように言うべきか、頭が錯乱した。その間、真音は、必死にバケツを引っ張り、取られまいと格闘した。母親は、異変に気づき、男の子を抱きかかえたが、男の子は真音の力や形相に負けて、大声で泣き出したのだった。真音はといえばバケツを持ったまま立ちすくんでいた。その時、たぶん、母親は私に何も謝りはせず、むしろ何かしら非難めいた言葉を吐いて立ち去った。私が真音を連れて公園の入口の前に行くと、突然、真音はしくしくと悔しそうにバケツを持ったまま泣くのだった。親ばかの私は、何ともその様子が愛おしくなり、「真音は頑張ったね。真音は悪くないんだよ」と、背中をさするしかなかった。

まるで繁華街のひったくりのような状況で、私は、ジュジョン・アベック・ヌー（一緒に遊びましょう）という初歩のフランス語さえ浮かばなかった。私のものと、他人のものという区別もままならない3才の娘には大きな試練であったに違いない。あるいはまた、ドーラちゃんのバケツを自分のものであると思ったその男の子も、私のもの、他人のものを区別するというレッスンの真っ只中にいるということにすぎない。

フランスでようやく住居が決まり、真音もギャルドリー（保育所）に入れることができた頃、もはや初夏になろうとしていた。

＊　＊

新しい家に代わると、とたんに広くなりました。セミの家と比べると、3倍の広さはありました。私は、前に来た時は、ソラ君が住んでいたので、その子と一緒に住むのかと思っていました。それで、しばらくその家を「ソラ君の家」と呼んでいました。長い間、お友達とも遊んでいなかったので、ここに来れば、いつも遊び相手がいると思っていました。しかし、ソラ君のおもちゃも、ソファーも机も、自転車もなにもかもがなくなっていました。パパとママは、「セミの家」の荷物を再びスーツケースに入れ、タクシー1台に荷物を積み込んでやってきました。だから、スーツケース以外何もないのです。部屋には、裸電球があるだけです。しばらくすると、日本から大きな箱が5個も届きました。そして、その中からおふとんやお洋服や、靴、食べ物が出てきました。まいんの好きなじゃがりこもです。

しかし、ガスが通らないので、料理もできず、お風呂に入ることもできません。それで、ガス屋さんのところへ行き、ガスを通してもらいました。これで、お風呂に入ることができると思ったら、肝心の瞬間湯沸かし器が動きません。ガス屋さんは、この機械は壊れているので、不動産屋に言うべきだと言い残し、「時間がない」と言って、足早に出て行きました。40年程前の瞬間湯沸かし器を尻目に、2、3日は、コンロで湯をわかして行水をしていました。

いろいろ考えているうちに、ソラ君のお母さんに電話をすると、火のつけ方を教えてくれました。瞬間湯沸かし器は、完全には壊れていなかったのです。火をつけるのにはコツがいるのでした。そうすると、何と、火は、簡単につき、初風呂となりました。我が家から歓声が上がりました。

たぶん、ママは、きれい好き、という点で風呂にこだわっていて、パパは、いつも疲れ切っているので、癒しとして風呂に入っているのだと思います。フランスに来る前の九州には、温泉がたくさんありました。休みの日になると、よく近所の温泉に行っていました。そうした2人が、風呂なしの生活に、1年間、耐えられるはずがありません。粘って粘って、フランスで

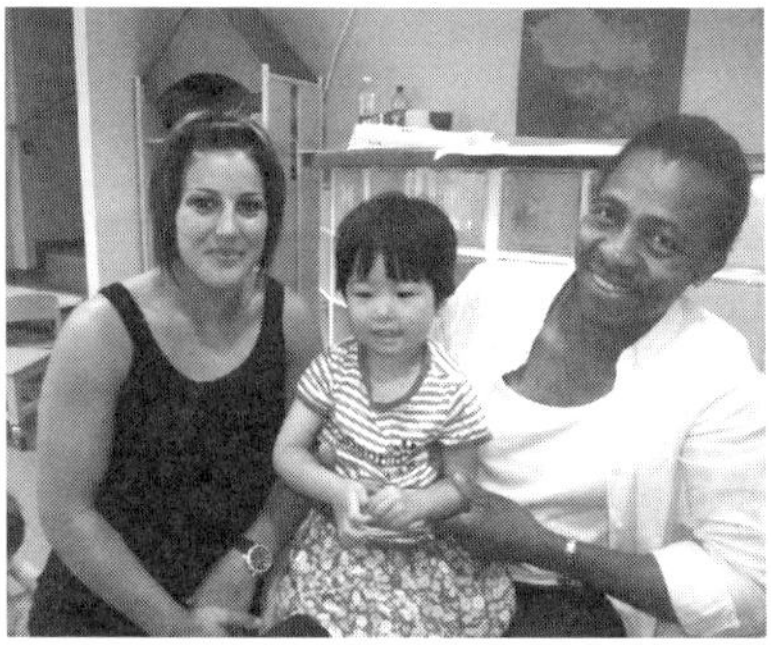

サントーバンのギャルドリー（保育園）にて。右の人がブリジッド先生。女の先生です（真音はよくわからないので、茶色の先生と呼んでました）。とってもおだやかで優しい先生でした。たぶん左の人は、サポートの方です

も毎日お風呂に浸かれる生活に辿り着いたのです。まいんもお風呂が大好きです。お風呂の中に、おもちゃをたくさん浮かべて、遊ぶのが大好きです。

ギャルドリーは、「ソラ君の家」から10分位のところにありました。サントーバンという地名で、ギャルドリーも、サントーバン・ギャルドリーです。たいてい、ママが、ベビーカーで連れて行きました。最初、恐怖と驚きの連続で、言葉もわからないのに何をするのだろうと思いました。私の親は鬼かと。まったく見たこともない人達がいて、私の面倒を見てくれます。私の先生は、皮膚が茶色の先生でしたが、とても優しい先生なので、大好きでした。ブリジッド先生です。フランスにも日本のアンパンマン先生のような人がいるとは思いませんでした。小さなすべり台や、おもちゃや絵本がたくさんあって、眠たくなるとお昼寝をすることもできます。でもここは、幼稚園ではないそうです。何度か、行くうちに次第に慣れてきました。ギャルドリーの先生にママは、三つのことを言われたそうです。一つは、子どもに「必ず迎えに来るからね」と伝えること。二つ目は、チ

ョコレートを持って来ないこと。三つ目は、難しいけれど、今後のためにフランス語で話すということです。そのことにママは妙に納得して、何度も言うのでした。

サントーバンの近くには、オキシタンという大きなショッピング・センターがあり、ギャルドリーの帰りには、ママと買い物をして帰りました。まいんの好きなお菓子が数えきれない程あり、衝動的に飴やクッキーなどが欲しくなります。そのことで「買う」「買わない」と喧嘩になり、ベビーカーに乗って暴れるので、ママが切れたこともあります。切れると、山ほど買ってもらえるか、まったく買ってもらえないか、どちらかです。まいんとしては、ギャルドリーに行くなら飴を買ってもらわないと納得できないのです。本当を言うと、日本のじゃがりこを食べたい時もあります。こちらでは、お菓子とは甘いものだそうで、しょうゆだの塩だのといった味付けがありません。スナック菓子はありますが、お酒のつまみとして売っているので子どもには食べさせないのです。でも、私は、飴もショコラも好きですが、しょうゆ味のせんべいや、塩味の効いたポテトも好きなのです。レストランでは、ポテトが食べ放題のように出てきます。ケチャップさえあれば、それだけで、ごはんがなくてもいけるのです。その中でもマクドナルドは、日本と変わらず、おもちゃも付いて、大好きなポテトが出てくるので、マクドナルドが一番好きです。

✤くじらと不協和音――エアバスA380

トゥールーズの中心街にエスキロールというところがある。ここには、生活する上で何か必要なものがあればたいてい揃っている雑貨屋さんとか、電器屋さんや電話屋さんなどがある。カルムやオゼンヌ辺りの不動産街、キャピトルの賑やかな公園や市庁舎と比べると、どことなく雑然とした空気が漂っている。路地裏には、日本風の喫茶店や、アラブのお菓子屋さんがあったり、大通りには歴史がありそうなカフェや、パン屋さんがある。街かどには、持ち帰り用のすし屋もある。日本風の喫茶店やレストランにしても、地下倉庫のようなところまで降りていくと、畳風のカーペットで癒されはするが、フランス風にアレンジされたたまご丼が出てきて辟易するとか、歴史あるカフェにしても重た過ぎて落ち着かない。かといって、持ち帰り用のシャケのすしを店の外でお茶もなしに食べるというのも寒々しい。1人で歩いていると、一服の仕様がなくて孤独で、暗い気分になってしまうような影のある場所でもある。もちろん、それは思い違いで、フランス人にしてみれば、エスキロールほど便利で楽しいところはないのだろう。ただ、よく利用する地下鉄の路線から外れていたので、そのような気がしたのかもし

トゥールーズの名物カスレ

れない。多分、そうである。中心街であることには変わりはないからである。エスキロールは、東京で言えば、銀座辺りになるらしい。マダム好みの界隈である。

兎にも角にも、当面の生活を整えるために、生活雑貨を買いあさり、荷物持ちでいつものように妻子についてきたのだが、案の定、夕食は食べて帰ろうということになった。カフェで簡単に食べる食事のことをカフェめしというが、そのカフェめしを食べようと、とあるカフェに入り、「マンジェ？（食事はできますか？）」と聞くと、ウイウイというので、入ることにした。主人（ギャルソン）は誰も座っていないところでテーブルを合わせて食卓をつくってくれた。メニューを持ってきたのでカスレとサラダを注文した。真音が、トイレに行きたいというので、妻子ともどこにあるともわからないような通路を上がって行った。トゥールーズにはそういうところがよくある。例えば、トイレに入るため、カフェに入ったにもかかわらず、裏のアパルトマンの2階のカギを渡されて、漏れそうになりながらやっとの思いでドアを引っ張ると、違う人が出て来たり、そうしたことは日常茶飯事で、最初の頃は、尿瓶でも持ち歩かなければ外に出ることはできないのではないかと思った程である。排尿、排便に慣れてくれれば、外国暮らしはそれ程困らない。

カスレは、トゥールーズの名物である。中心街のジャン・ジョレスには「カスレ」という専門店があったり、「レ・アメリカン」というアメリカンスタイルの店のカスレは安価で注文しやすいので、何度か、食べたりした。しかし、お店で食べるというよりもスーパーにはカスレの缶詰が山のように積まれているので、家庭料理の一種のようである。現地の人に聞くと、それ程、食べることはないという。重たすぎるそうだ。むしろ、カルカッソンヌなどの観光地の名物料理として有名である。

私は、カスレが来るのと、妻子が戻るのを待ちながら、バゲットを食べていると、カウンターでコップを磨いている主人としばしば視線が合った。誤魔化し笑いなどをしていると、「あなたは、ピロット（パイロット）か?」と聞くので「違う」と答えた。A380をつくっているエアバス社の影響のためか、航空関係者が増えているのでピロットと間違えたということらしい。ベビーカーを折りたたんだり、買ったばかりの掃除道具のモップをあっちに持って行ったり、バケツを足元に置いてみたり、なんとも生活臭丸出しで、カフェに入ることも躊躇していたのだが、おべんちゃらでもパイロットに間違われたことには随分気を良くした。主人の話に限らず、エアバス社やそれに関連する企業の社員は増加しており、トゥールーズの人口も増えている。そのせいで、幼稚園や保育所も入園待ちが多いそうである。トゥールーズ市は、フランスの中でも大きな都市であるが、資金が潤沢にある部類に属し、市民はその恩恵を受けているとのことである。

確かに、主人が、私のことをピロットか?と聞くのも不自然ではない。最初に、デスカルグさんに連れて行かれたＩＡＳの寮は、航空マネジメントのＭＢＡを取得する学校であり、周りはすべて航空関係の建物であり、国家機密でも隠された事業が営まれているような警戒ぶりであった。時折、本物のピロットも歩いていた。

私がもともとフランスに来たもう一つの理由は、フランスでフランス人が生活しているように何のわだかりもなく、フランス語を話し、自分が日本人であることを徹底的に忘れたいからであった。日本は住みやすい。しかし、最近は、家庭でも学校でも企業でも、夫婦の関係、親子の関係、教師と学生・生徒の関係、従業員同士の関係に、ますます摩擦が生じ、あちこちで不協和音が聞こえてくるようである。特に、企業戦士からは、痛々しいまでの不協和音が聞こえている。経営者が利益をぶんどるための顧客志向、顧客満足の最大化を図ることで、従業員は過度な競争を強いられ、従業員同士は仲違《なかたが》いをし、結果的に、顧客をないがしろにしてしまうような経営が横行している。

大学でも、昔のように自然な感情で生徒や学生を叱れる教員はいない。不条理に学生を怒ったり、叱ったりすると、中には不満を膨張させる者もいるからである。教員でなくとも、おせっかいな道徳心のために生活を追われたくない。また、大学は、学生に授業という商品を販売する商人と化し、学生から不満が出ないよう、様々な改善に力を入れなくてはならない。学生に充分なサービスを行き届かせるための委員会、研究会の準備に相当な時間を費やすことになる。その結果、肝心の学生を指導する時間がなくなったり、研究者として、本来、確保すべき研究時間がなくなったりしている。

今の日本は、随分と歪んできている。親は親であり、子どもは子どもである。商売人は商売人であり、教師は教師である。研究者は研究者であって、寄席芸人でもなければアナウンサーでもない。人当たりをよくすることに神経を過度にすり減らせば、ストレスでダウンする。首が回らなくなれば、ストレス研修を課す。もともと、本来の業務をすればよいはずである。しかし、本来の業務をしていたならば、顧客志向、学生志向にはならないので、利益につながらないという不可思議な危機意識が漂っているのである。誰も、その不協和音に異議申し立てをする者はいない。日本人は、たいていの場合、和の中に入っている分には過ごしやすいが、少しでも和から外れると途端に不愉快なことになる。そうした危機意識が和となれば、それに口を挟むことはできないのである。従って、和をもって貴しとなすというのは、現代には当てはまらない。さしずめ、和を持たなければ生活を営めないという風潮があるにすぎない。こうした悪循環はいつまでも切れず、和を保てば、本来の教育・研究ができなくなるので、ストレスは蔓延していくことになる。良好な人間関係を保つことなどできはしない。教員同士、従業員同士の良好な関係がないところで、いくら偽善的な学生志向を目指しても中身のないものとなる。学生は、果たしてそのことを喜んでいるのだろうか。実際、たいていの学生は、度重なる授業アンケートにうんざりしている。

その点、フランス人などは、それぞれが個人主義であるので、個人の世界に不当に介入することなどない。日本人の言う居酒屋提灯の「和」というのは不可解なものでしかない。日本的な和に与《くみ》すれば、個人の信条や主張や行動は自ずと制限されるのであり、自由に生きるという本来の姿からは理不尽でしかないからである。

私は、せちがらい日本の大学事情を憂慮しながらカスレを食べていた。それにもかかわらず、主人は、「おおきに」とは日本語でどういう意味なのかと質問してきたり、街かどのすしは案外いけるというような情報をくれたりする、人懐こいおじさんであった。

私達の前にこのアパルトマンに住んでいたアミエル夫妻は、トゥールーズ近郊に広い土地を買い、ペンション経営を始めた。トゥールーズのサントル（中心街）に住んでいた人が、トゥールーズ近郊に何千ヘクタールもの土地を購入して田園生活するという話を日常茶飯事に聞くようになってきた。フランスの田舎を求めて、トゥールーズに留学したが、サントルではパリと変わらない。フランスの醍醐味は、田園での自給自足の生活であるに違いない。少しずつでもその夢を実現している日本人も多い。フランス人は、何故か、1人で、ガス工事、電気工事もできたり、家まで1人で建てることのできる人が多い。器用である。生活設計も日本人以上に計算高く、細かい。日本人は、たいてい、何もできず、丼勘定の人が多いように見受けられる。

もっとも、フランス人と一口に言っても様々であり、皆がみな、田園生活を望んでいるわけでもない。都会派、出世志向のフランス人も多い。そうした状況は、日本と変わるところがないだろう。日本の場合は居酒屋提灯程度で済むにせよ、フランスでは夫婦単位でパーティーや会食をする機会が多く、奥さんの気配りが出世や人脈作りに重要な役割が課せられているようである。一見、それは社交的であるように見えて、かなり神経質な世界でもある。

それだけに、フランス人が一線を退いて、個人の趣味嗜好に応じた生き方を現実的に模索するというのは、日本人以上に本腰が入っているのである。フランス人は仕事をしないというのも嘘である。会計の研究のことで言えば、研究報告はいずれも緻密で、微に入り細に入り、構成が整っている。日本の3分の1しか学会の会員がいないにもかかわらず、フランス全土は言うに及ばず、アメリカ圏も含む研究会をあちこちで開催しており、招待のメールなどが月に数回も来る。それに対して、日本の場合は、会費を納入するのみで、学会開催のメール以外何も来ない。フランスで仕事をすることは厳しいことである。

私は、そうしたフランスの実情を少しずつ知るにつれて、フランス生活への憧れは遠のいたが、かといって、お互いをいたぶり合うような、いたぶり合わなければ生きていけないような日本の空気や環境にも戻りたくはなかった。いつの時代からか、どこもかしこも不協和音となり、「生きていること」を楽しむという土台が崩れ去ってしまったように感じる。フランス生活は厳しいが、どんな人であってもそれを認め、終生、人生を楽しむという土台は崩れていないように思えた。お互いがお互いを認め合うという土台が崩れてしまえば、そこには人間としての崇高さ、生きていることの喜びなど感ずる余地などあるはずもないからである。「あなたは、ピロットか？」と、何でもない自然な会話のとっかかりがあった。それだけでよかった。もっとも、トゥールーズという土地柄を考慮すると、「あなたは、孤独なピロットか？」という問いであったとすれば、さらに意味深なことになったのだが、カフェのおじさんがそこまで聞くこともないだろう。

＊
＊

大きなくじらが飛んでいます。飛行機雲や、虹の橋を見つけることができます。「セミの家」にいる時も、飛行機やおもしろい形をした雲を見つけたりしました。その中でも一番驚いたのがくじらです。まるで大きな風船が浮かんでいるかのように空をゆっくりと進んでいくのです。トゥールーズの空港の近くに、くじらの組み立て工場があるというので、パパと、日本から遊びに来たおじいちゃん、ママの4人で見に行きました。その飛行機は本当にくじらにしか見えません。今のところ、世界で一番大きいそうです。日本とフランスの飛行時間は12時間程ですが、飛行機の苦手な私でもくじらの飛行機なら長くても大丈夫かもしれません。くじらの中には、ベッドもあり、シャワーもあり、お店屋さんもあるのです。私の好きなドーナツ屋さんもあるかもしれません。飛行機のお席は狭いので、ずっと乗っているのは嫌いです。そうすると、飛行機のお姉さんが出てきて、おもちゃをくれるのです。はじめて、トゥールーズの空港に着いた時には、飛行機のおもちゃを三つももらいました。紐を引っ張ると走るのです。しばらくそれで遊んでいました。ボンジュに来てからは、友達もいないので、紐を引っ張るか、空の飛行機を見つけることくらいしかすることがなかったのです。パパは、雷さんの話をよくします。雲の中で、パパの雷さんと、ママの雷さん、まいんのような子どもの雷さんの3人が一緒に暮らしているのだそうです。

何か、いたずらをしたり、我がままを言い続けると、「真音、今、雷さんが、雲から降りてきたよ」というので、たいてい、泣いてしまいます。

「雷さんのことは、言わんで。絶対、雷さんのことは言わんで」

「ごはんを食べなかったり、歯磨きしなかったり、いつまでも起きてると、真音のところに雷さんが来て、おへそをとってしまうんだよ。ごろごろはね、そんな子はおらんかって言ってるんだ」

「ごはん食べるよ。日本からアンパンマンのふりかけを持ってきたでしょ。歯磨きもするよ。スーパーでワニの歯ブラシを買ったもの」

「夜、遅くまで起きてたら？」

「早く寝るよ」

「ふーん。それなら、雷さんは来ないかもしれないね」

「雷さんの話はせんでよ」


それにしても、雷さんも、あの大きなくじらの飛行機が飛んできたらどうするのでしょう。くじらは何でも飲み込んでしまうので、雷さんも飲み込まれてしまうのかもしれません。ピノキオを作ったゼペット爺さんもくじらに飲み込まれましたが、ピノキオが助けに行きました。でも、雷さんが飲み込まれたのならそのままでいいと思います。まいんは、遊びすぎてロバになるピノキオを見た時には、怖くて、涙が止まらなくなり、DVDのスイッチを切りました。いつも怖くて途中までしか観れません。でも、何度も挑戦するうちに、くじらからお爺さんを助け出すピノキオを見ることができました。

あの空を飛ぶ大きなくじらのお腹にはいったい何が入っているのでしょうか。

＊　＊

私が、ふと何か、暗い影のようなものを感じて空を見上げると、トゥールーズでは日常的に怪物飛行機を発見することがあった。真音をだっこしてそのエアバス380型機（A380）を見ることもあった。日本の不協和音から飛び出し、今度はフランスの不協和音の中に浸かろうとしている。社会に生きている限り、不協和音のない暮らしなどあるはずもない。私は、くじらの中で、魚を釣って生き長らえているゼペット爺さんのように、何度も何度も、くじらの外へ出ることを試みた。いつ消化されてしまうかわからない不安を抱いて、くじらの胃袋の中にいたのである。フランス留学は、外へ飛び出すことの一つの挑戦でもあった。真音というピノキオが胃袋の中にいる私を救ってくれる？　そんなことは考えたこともなかったが、子どもの心に触れることは、くじらのくしゃみのように異物を外へ出してくれることでもあるのだった。

✤米と水

米と水を海外で手に入れるのは大変である。地下鉄で、ラモンヴィーユやバルマ辺りの郊外まで行くと、大型のショッピング・センターが数多くあり、そこで、低価格で、良質の食材や日用品を手に入れることができる。日本の食材も、キングファット（中華食材店）という店に少しだけ置いてある。ある日、私達は、「かがやき」というコシヒカリ数十キロを郊外までバスを乗り継いで調達しに行った。少しずつ米の買い出しをするのは大変疲れるので、数ヶ月分の米をまとめて買うことにしたのである。日本の食事は、炊飯器と米さえあれば何とかなる。特に、妻は、子どもにごはんとみそ汁を食べさせておけば、最低限、病気にならないと考えていた。食料を確保し安心したのも束の間、1人が真音をだっこして、もう1人はベビーカーに米を載せて、よろめきながらバス停まで押して行くのである。真音は遊ぶことしか考えていないので誘導するのが大変である。汗が噴き出て、木陰で休みながらバスが来るのを待つ。車なしで、米を買に行くのは至難の業である。ましてや、郊外なのでタクシーも来ない。また、月に2〜3回は、ペットボトルのミネラルウォーターを買いに行く。30本近くのペットボトルをリュックサックに入れたり、氷職人のようにベビーカーに載せて、アパルトマンまでひたすら運ぶのである。ミネラルウォーターのヴォルビックでごはんを炊くと、ほぼ日本で食べるごはんの味になる。もちろん、辺りを見回すと、そのようなことをしている人は誰もいなかった。主食をバゲットなどのパンにすれば、米を買う必要もないのだが白米を炊いて食べる習慣を捨てることはできない。水に関しても、浄水器をつけるなど工夫の余地はあった。しかし、私達は、何故か、一昔前の生活を続けていた。

✤カーテン

日本からフランスに来ると、まず驚くのが、建物の天井の高さと、開き戸の大きな窓である。基本的に石の国であるので、壁が頑丈で、ドリルでもなければ用意に穴を開けることはできない。それは、こうした、どこにでもある、アパルトマンの一角でもそうである。イモ回りをしていて、フランスの新旧の建物の違いに気がついた。最近のアパルトマンは、たいてい、郊外に出来ているが、日本の建物や、生活の感覚とそれほど違いはない。しかし、年月の過ぎたアパルトマンは、ベルサイユ宮殿のような名残を少しでもとどめようという空気が漂っている。

もちろん、日常の生活が華美であるというわけではない。むしろ、裸電球と、カーテンもつけられない高い窓など、それがあるばかりに、どうしようもない虚脱感というものをぬぐい去れない代物である。外国から来た者にとっては、フランス語を身につけて、隣人と話し、当地の生活に溶け込むのが第一の使命であり、今にも切れそうな裸電球が吊るされていても、カーテンの代わりに新聞紙が張られていても、自然なことに違いない。特に、フランス熱の強い者は、そうした逆境に灯をともすことに快感を覚えているはずである。

しかし、東洋志向が強く、フランス熱のまったくない妻と娘は違っていた。カーテンは、カーテンであり、電球は電球である。カーテンをつけよ、電気をつけよという。カーテンをつけるとすれば、カーテン屋さんに頼み、それなりの照明器具をつけるとすれば、電器屋さんに頼めばよい。しかし、フランスでは、どうように工事を頼めばよいのか、わからない。特に、1年や2年の留学では、頼んだとしても、1年後だったり、2年後だったり、現場の人は飲んだくれてまともに工事に来ないらしい。確かに、アパルトマンの内装工事にしても、1年も2年もかかっている。まるでガウディのサクラダファミリアのようである。内装工事をしている間に老人になって、もうこの世にはいないかもしれないという程、待たせる。これは、ヨーロッパの文化というよりも、単にフランス人の怠慢らしい。フランスではこうしたトラブルは日常茶飯事である。実際、仕事でアメリカからフランスに来たお金持ち夫婦でさえ、2、3ヶ月、電気もガスも来ないという生活をしていたりする。帰国する頃に、電気がついたという笑い話さえある。私達も、日仏カップルの後に入っていなければ、バスタブやシャワーはあっても行水しかできなかったかもしれない。もちろん、私は、電気やガスはおみくじのようなものだと思って、行水をするために子ども用のプールも持参していた。トゥールーズの中心街に行けば、ミディカ（MIDICA）という生活用品専門のデパートがあり、照明器具もカーテンも色とりどりに置かれているのであるが、庶民の生活レベルでは、それを取り付けてくれたり、直してくれたりする人がいないのである。もちろん、そうしたトラブルを交渉によって乗り越えていくことで、フランス語が充分に身につくというメリットもあるが、フランス留学の生活においては、電気の取り付けの交渉で1年が過ぎてしまうということもある。結局、裸電球ないしはロウソクと、新聞紙を張り付けた窓で、心が荒んでいく。そこでそうならないためにも、ミディカに何度か通い、カーテンをつけることを考えた。本格的にカーテンをつけるとすれば、壁をドリルでくり抜かなくてはならない。

壁をドリルでくり抜く（?）フランスでは、住居を借りる時には、不動産屋とは別にエタ・ド・リューというものがあり、貸し手と借り手のどちらでもない第三者が入り、物件を借りる前と返す前に壊れているところがないか、チェックすることになっている。さすがに、ドリルを買って、壁に穴を開ける勇気はない。よく見ると、カーテンの棒やレールの留め具は、単なるネジであり、日曜大工の域である。それならば、日本流にカーテンをつけるまでである。

フランスの窓に木の棒をはりがねで固定し、固定された両脇の棒にカーテンレールのネジをつければ、即席のカーテンができあがる。ミディカで適当な木の棒と白いはりがねと白いペンキを買ってきた。そして、白い部屋、白い窓に合わせるために、木の棒に白のペンキを塗ることにした。

新聞紙を広げて、「さあ、これからペンキ塗りをするぞ」と真音にけしかけた。いつも、プーさんや、白雪姫のぬり絵ばかりして遊んでいる真音は、「まいんが、するする」とはしゃいで、刷毛を持って塗り始める。「パパ、ママ、これでいいの？」真音は、刷毛を持って床にまで塗りたくるような勢いで塗りたくる。制止するのが大変である。しかし、実のところ、フランスの内装は大変、おおざっぱである。アパルトマンを借りる時に、白色の塗料を部屋中、吹きつけて、トイレのカギにまでそのまま吹き付けてあるので、固まって動かなくなっている始末である。その塗料の悪臭のせいで2週間も入居することできなかったのである。これは、大家さんの大盤振る舞いか、フランスの慣習かは知らないが、おおざっぱにきれいでありさえす

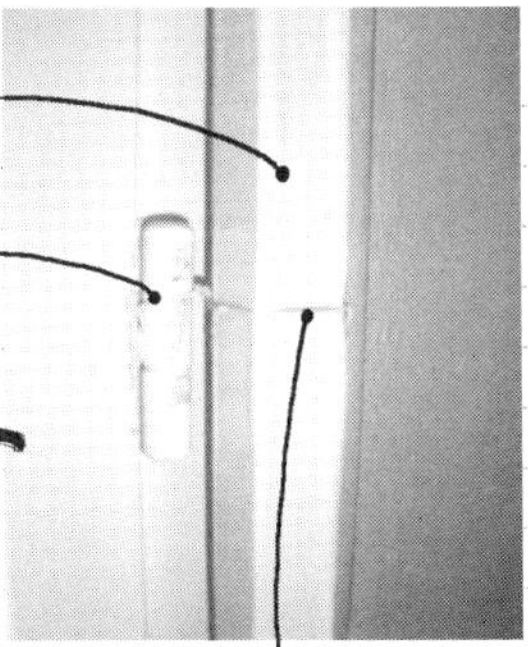
カーテンを支える棒
白いペンキで棒を塗りました
ドアのねじ
はりがねでとめている

☆カーテンの出来上がり

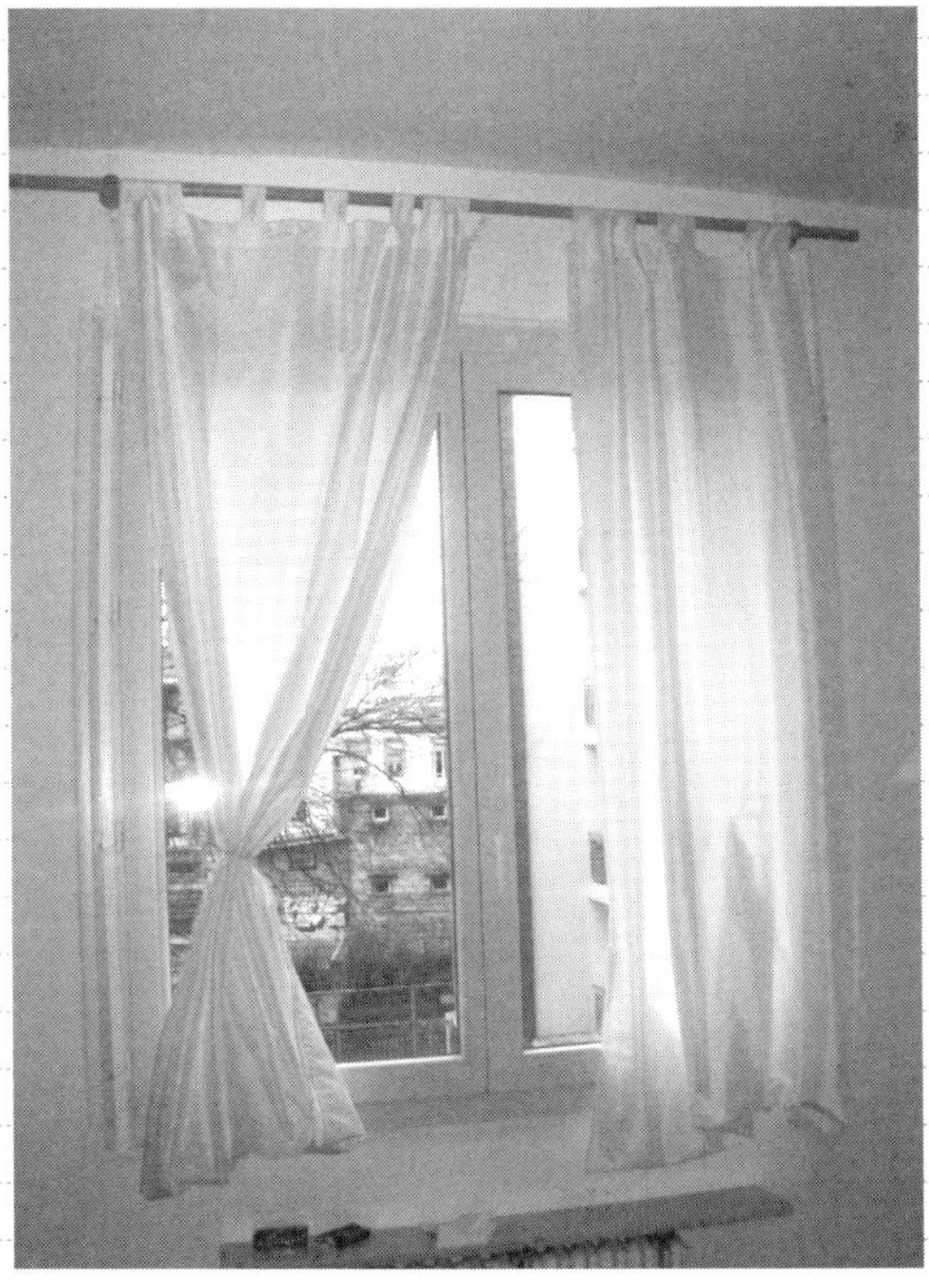

ればよいというフランス人の一面がうかがえる。また、そのおかげで、トムソーヤのように、真音が壁に白色のペンキを塗りたくったとしてもエタ・ド・リューでも問題にはならない。むしろ、余計にきれいにしてあげていることになる。

このようにして、フランスの窓に木枠を作り、いとも簡単にカーテンをつけることに成功した。私はこの木枠の即席カーテンの発見に随分と気を良くした。カーテンさえつけられず、心が荒んでいる者に、木の文化は福音である。私は、このカーテンを大いに自慢したが、あまりそれに目をとめる者はいなかった。フランスでは日曜大工（ブリコラージュ）が盛んである。カーテンに限らず、電気、ガス、水道、水周り、内装に至るまですべて居住者が見よう見まねで覚えてこなさくてはならないようである。

6月の初夏の時期に思いついた木枠のカーテンというアイデアと、ミディカで買いそろえた照明器具のおかげで、私達は、日々、快適に過ごすことができた。

第7章　人生は煌めいている

アルカッションの海

✤バカンスの到来

6月最後の研究会が終わった後、デスカルグ氏は、大きなフランスの地図を拡げて、ご自身の趣味嗜好に基づいて、フランスの地方について説明してくれた。北はストラスブールからノルマンディー、ローヌ、ボルドー、フランス南西部、そして、たった一つ、ニース辺りを指差して、「ここはだめだ。ろくでもない」と言った。フランス人あるいはトゥールーザンの癖なのか、プッと息を吐く。だから、ニースは、プッなのである。

ご自身は、この夏、ロカマドール近辺の別荘で過ごされるそうで、別荘の電話番号をメモに書いて渡してくれた。「むしろね、海だったら、アルカッション辺りがお勧めだな」とポツンと言った。大西洋である。実際、限りなくスペインに近い、サンジャンド・リュズの砂の海岸もお勧めらしい。

フランスの夏は文句なく素晴らしい。空は高く、どこまでも青く晴れ渡り、海は紺碧に輝く。冷え冷えとした、陰鬱な日々を完全に打ち消すように、空いっぱいに太陽がさんさんと降り注ぐ。南仏の海岸と言えば、モンペリエ、マルセイユ、サントロペ、ニース、カンヌといった海を思い浮かべるが、トゥールーズ在住の者にしてみれば、目線が異なっている。そうした観光地も素晴らしいことには違いはないが、南仏特有の乱痴気騒ぎだけがフランスの祝祭ではないということである。

ペルピニャンのマジョルク王宮屋上のテラスからはミディ・ピレネーを見渡すことができる

フランスへの入り方は、人それぞれであろうが、静かで、ゆったりした時間を持ちたい向きには、トゥールーズ近郊の南仏が適しているようである。フランス国鉄（SNCF：Société Nationale des Chemins de fer Français）は、地中海沿岸へ向かう路線と、バイヨンヌやボルドーといった大西洋へ向かう路線、そして北上する路線へと三つ叉に分かれている分岐点であると考えると、南仏トゥールーズを理解しやすくなる。

　私達は、その中でも、スペインとフランスの国境辺りの地中海に行くことにした。コリウールという港町に魅かれた。ナルボンヌで、ニース方面に行く

コリウールの海

路線と、ペルピニャン方面（スペインの方向）に行く路線に分岐する。コリウールは、ペルピニャンで乗り換えて行く。真音は、就寝する時に必ず何冊かの絵本を読むが、1人の男の子が様々な動物達と海行きの電車に乗り、クジラのお風呂にみんなで入るという日本の絵本を毎日のように読んでいた。その絵本は、とても夢のある、真音のお気に入りの絵本なので、日本から持って来たのだった。

真音は「海が見えたよ」と驚愕する。人生ではじめて見る海がコリウールの海だった。コリウールの駅は、田舎町の小さな建物で、必要な時に開閉し、切符を売り出すようなところである。電車の本数も少ない。駅を降りると、それぞれが下へ下へと下って行くのである。私達も真音をベビーカーに乗せて降りて行くと、南仏らしいカラフルな住宅街に出くわす。家々の緑色で、顔の口のように突き出た樋が歩行者を睨んでいるようでもある。石畳の細い路地裏で所狭しと魚の置物や、壺、壁掛け、鞄が売られている。路地を抜けると、一面にコリウールの海が広がっていた。アンリ・マチス、アンドレ・ドランが驚愕した海である。ここには、スペインともフランスとも区別がつかないような野性的な青さがある。目の前に広がる湾自体は小さい。まるでプライベイトビーチのようである。海から突き出た教会兼時計台（ノートルダム・デ・ザンジュ教会）が象徴的である。魚介類を専門に出すレストランが海沿いにあるが、規模が小さいので、穏やかな気持ちでいられる。私達は早速、レストランでランチを食べた。真音は、ここのところ、ファンタオレンジがないと機嫌が悪くなる。フランスでは子ども用のジュースは日本程、売られていないが、日本にもフランスにもあるファンタは真音のお気に入りであった。ギャルソンは、小さな娘に子ども用の椅子と、小さなお姫様の人形をくれた。フランス人は、子どもの気を引こうとする時は、クックックッーという擬音を発する。ギャルドリーでも慣れているのか、自分でもクックックッーと真似してみせておどける。しかし、シャイな真音は、ギャルソンが来ると、この日も目を伏せたままであった。

私は、嫌だ、嫌だと言うのに、どこからか浮き袋を買って来て、泳がせようとします。二つの穴に足を入れると、浮くのです。ここは、見たこともないようなおもちゃがたくさん並んでいて、楽しいところです。パパと海に入ると、次第に、浮かんでいるのが楽しくなってきました。大きな犬も一緒に泳いだりしています。

通り道には、お城のように大きなアイスクリーム屋さんが何軒も並んでいました。まいんは、チョコレートのアイスクリームが大好きです。このところ、お気に入りは、チョコとファンタです。あと、いちごの飴もです。いえ、コーラ味の辛い飴も好きです。まいんはコーラという辛いジュースを飲むことができるのです。フランスの人は、辛いジュースをよく飲みます。だからまいんも飲んでいます。

パパは、「もう上がろうか」と言い、岸に戻ろうとするので、「まいんは、もう泳げるんよ。見て。ほら、泳げるでしょ。でも手を離したらいかんよ」と言っても、パパは、私の唇が青いと言って、ひょいとつかみ上げてママのところに連れて行きました。

＊　＊

＊　　＊

これは、人生最大の祝祭か。この間、うぶ声を上げた娘と一緒に、地中海に浮かんでいる。地球のうぶ湯に浸かっているとしたら。

スペインの民族衣装を身につけた人達が、街かどの広場で踊っていた。人だかりで全貌を見ることはできないが、娘を肩車してやると、ぱちぱちと手を叩いて喜んでいた。

✤牧歌的、あまりにも牧歌的な

トゥールーズの生活は、パリや日本の大都市に比べるとかなり質素で、30～40年前にタイムスリップしたような暮らしが今なお息づいている。あくせくせず、ゆっくりと、ゆったりとした時間を享受することができそうな街である。しかし、実際にはとても難しい。たとえ、田舎暮らしをしても、畑仕事から大工仕事、薪割りから日々の食事のこしらえなどに追われ、とても「ゆっくりと、ゆったり」とした時間を持つことができない人もいる。いつも何かに追われ、タイムスケジュールから外れることはできず、休息しても休息にならない人がほとんどである。

新しい生活を始めてステレオを買っても、音楽を聞く時間などない。薪を割って暖をとる時間もない。それは、日本人に限ったことではない。経済先導型の生活をしていると、いつの間にか、牧歌的な暮らし自体が背徳的な暮らしであるかのように思えてきたり、懐具合が冷えてくると、ますます牧歌的な暮らしから縁遠くなるのである。

こうした悪循環を断つには、おそらく、そうした生活を実現しても採算が取れるような商売を始めるか、もしくは、フランスのバカンス法に見られるような長期の休養を上手く利用するしかないだろう。私も、この夏、49才を過ぎて、まったくもって大学教員の生活に疲労困憊していた。今までの生活の方向転換を考える時期にさしかかっていた。トゥールーズに住む日仏カップルの話を聞くと、実際に本人が、あるいは、その知り合いが、郊外に広大な土地を買って農業を始めたり、お城を改築して住んだりしているのである。私などは、すぐさまそういう話は採算の取れる話かどうか考えてしまうので、半信半疑で聞いてしまう。もともと牧歌的な生活に似合わない人種なのかもしれない。

そもそも「ゆっくりと、ゆったりとした時間」を享受するということは、ペンション経営を始めることでも、農業を始めることでもなく、監視人から解き放たれることであると私は考えている。監視人とは、会社の経営者であったり、債権者や株主であったり、町内会などの地域住民であったり、学校の先生であったり、親であったり、自己の行動を制御する者すべてである。従って、私達の1年は、少なくとも、留学という傘下のもと、解き放たれていたので「牧歌的、あまりにも牧歌的な」生活を仮初めにも享受することができていたということになる。

✤ゴンドラの祝祭

私達のアパルトマンは、ジャン・リュー通りから、鉄道沿いの、少し、奥に入ったルイ・ヴィテ通りの一画にあった。幼稚園はここから歩いて通える距離でなくてはならなかった。もちろん、トゥールーズ流に、自転車の後部座席にチャイルドシートを乗せ、送迎することも考えたが、ほぼ半年しか残っていないことと、幼稚園までの道のりは坂道が続くので、自転車購入は諦めた。ここから通園する幼稚園として、私立のカオソウと、自然割り当ての公立のアルモン・レイグのどちらかということになった。どちらも園長先生の面接を終えていた。アルモン・レイグは、定員の枠内ということで入学可能であったが、カオソウは、9月になるまで入園できるかどうかわからなかった。

私達は、多くの幼稚園を見て回ったが、公立の場合は、それぞれに特色があり、一概に良し悪しを言うこともできない。ビルの谷間にある幼稚園もあれば、野外にオープンな幼稚園もある。サントルの幼稚園は、たいてい、18世紀頃の建物の中にあり、子どもの声で察しがつくものの、大きなドアの中にあり、中をうかがうこともできないようなところが多い。幼稚園に限らず、フランスの古い建物のドアは、高さが日本の2倍程もある。一度、ガッチャンと音がして閉まると、カギの番号を覚えていないと決して開くことはない。要するに、城門である。その中に、娘の真音を預け、日々、ガッチャンと閉まってしまうと、何か不自由していないか、言葉が通じず泣き続けていないかなど、不安でたまらなくなる。その点、アルモン・レイグは、遊技場こそ鉄の壁と門で仕切られていたが、レ

トゥールーズの街かどに置いてある自転車。子どもを送っていく典型的なスタイル

ンガ造りの校舎の一画にあり、中の様子もよくわかった。小学校も併設されており、幼稚園も、学校の準備段階として充分に存在感があった。以前、「こんな幼稚園なら行かせたい」と、散歩をしていた時に見つけた幼稚園がアルモン・レイグであり、公立幼稚園の給食費以外は無料という特典も見捨てがたかった。また、幼稚園の面接を受けた妻の話では、園長先生は教育方針については自信に満ち溢れた表情で説明してくれたそうである。園長は、「私達は教育に信念を持っている。お子さんは、最初の日は、泣くかもしれないが、通常通り、夕方まで預けて下さい。本当に問題が起きた時だけご両親に連絡します」と言ってくれたので、妻はその言葉で救われ、安堵したとのことである。こうして、娘の幼稚園は公立のアルモン・レイグに決まったのである。

アルモン・レイグ幼稚園の前で

幼稚園入園の9月にはまだ時間もあった。バカンスが始まっている。私達

フィレンツェの有名なヴェッキオ橋(ポンテヴェッキオ)

は、この夏、イタリア旅行を計画した。

ローマ、フィレンツェ、ベネツィアの3都市を巡る旅は、いつも真音のベビーカーと一緒であった。そこには、予想をはるかに超えるスケールの古代遺跡の数々があったが、真音には売店の飴やソフトクリームしか見えないらしい。8月半ば、炎天下のイタリアは、子連れの旅人には耐えがたいものもあったが、トゥールーズからも日本からも離れていると、さらに解き放たれた気分になり、至福の一幕となった。

中でも、ゴンドラから見えるベネツィアの古都は、観光化されているとはいえ、ゆったりとした時間が流れている。ぶつかりそうで、ぶつからず、建物の間をゴンドラが、どんぶら、どんぶらと進んでいく。水上都市と言われるだけあって、巨大な一都市を形成している。真音は、白と黒のブロックチェックの、小さな帽子をかぶって、船の行先をみつめている。私は、何も考えてはいなかった。噂に聞き、映画や雑誌で紹介されるベネツィアは何度か見たことはあったが、その巨大さに圧倒されるとは思ってもいなかった。大学の会計学の講義で、複式簿記の起源として、ベネツィア説だの、フィレンツェ説だの、知ったかぶりで話していたものの、確証めいたことは何も知らなかった。しかし、実際に、ベネツィアの街を見渡し、名物のゴンドラに揺られて、水上を遊覧すると、驚き以外の何ものもない。巨大な商業都市がその昔、花咲いていたのである。北九州の門司港に比べると何倍の大きさになるのだろうか。100倍、200倍。これほどまでに巨大な都市があったとすれば、様々な人間の英知が結集していたはずである。商業にせよ、数え切れないほどの取引が交わされたに違いない。そうして、莫大な利益も生まれただろう。フランス語ではベネツィアのことをブニーズというらしい。都市が栄えるというのは偶然の所産である。多くの画家や文学者が絶賛した中

フィレンツェのホテルで、ベッドの上で踊る真音。
イタリアらしい大きな金ぱくの絵にびっくり

ベネツィアの海で

世イタリアは最も美しい街であったに違いない。ゴンドラは路地裏から緑色に輝くアドリア海の海原を進んでいく。船のエンジンの音が消えることはない。

＊　　＊

ベネツィアにて。お気に入りの仮面をかぶる真音

イタリアにもトゥールーズと同じコーラの飴があったので、それを買ってもらいました。

でも、おもしろいお面がたくさんあるのに、一つも買ってもらえませんでした。鳥のような顔をしたお面や、羽がついたもの、長い嘴のようなもの、「どれか一つ買って」と何度も言いましたが、無理でした。ベネツィアは橋が多いのです。パパとママは、人ごみの中、ベビーカーを2人で抱え、上げたり下げたりして船着き場まで押して行きます。2人とも疲れていました。パパは、「この旅行が終わったら幼稚園に行くよ」と言います。でも、園長先生には会っているので、怖くはないです。でも、泣いてしまうかもしれません。ママは、「友達がいるから楽しいよ」と言います。幼稚園には誰がいるのかわからないのですが、1人ぼっちでいるよりは、楽しいかなとも思います。でも、やっぱり不安なので返事はできません。たぶん、ギャルドリーと同じだと思います。

イタリアは何だか、フランスとは違うようです。ベネツィアは夏の最後の旅行です。ベネツィアの路地は入り組んで、不思議の国のように迷路になっています。橋の上で川を見ていると、ゴンドラがやってきたりします。船の上でギターを弾いたり、アコーディオンを弾いたりしている人もいます。まいんも、橋の上でアンパンマンを見て覚えた歌を大きな声で歌いました。すると、人だかりができて、みんなが歌いだしました。

＊　＊

私は、その様子を忘れることができない。3才の真音は、ベートーベンの第九（喜びの歌）を歌っているのだった。

第8章　幼稚園入園

アルモン・レイグ幼稚園。
ドアの入口で私が真音をだっこしている

✤真音に、グッバイ

アルモン・レイグの入園日には、真音をベビーカーに乗せて、3人で出かけた。校庭の前にはちょうど背の高さほどの鉄の扉があり、園内の様子はまったく見えないようになっていた。朝の8時に集合ということで、他の園児や父母も集まってきていたが、鉄の扉が開かず、レンガ造りの校舎のドアも開かない。誰かが、呼び鈴を鳴らすと、ふくよかな感じの園長先生らが、扉を開けて、笑顔で出迎えてくれた。すでに、フランスの園児達は、何人か、集まってきていて、受付を済ませていた。妻が、給食の代金のことで話をしていると、すぐさまアジア系の英語のわかる先生が応対してくれたので事なきを得た。真音は、ベビーカーから降りて、はじめて病院に来た時のように神妙にして、緊張している様子であった。3才児の教室は2クラスあり、真音の教室は、廊下を渡った奥の方にあった。ちょうど、受け入れ人数分の席があり、中の様子は日本とほとんど変わらない。担任の先生はアニエス先生といい、40代後半か、それ以上の、やや年配の方のようであった。日本の幼稚園の先生のように、いつもにこにこ笑顔を絶やさないというよりは、むしろ、小学校の先生のような風貌の持ち主で、威厳がある。ただ、これは真音のクラスに限ってではなく、フランスでは、日本のように、過度に、猫かわいがりのように、子どもを扱うことはしないようである。いたって、さりげなく、普通である。おだてるような言葉もあえて使わないようである。幼稚園は、小学校の準備段階であり、立派に学校であるという認識である。そして、もう１人、若い先生が補助をしていた。

生憎、この日は、妻が何がしかの用事があるというので、先に帰宅しなければならなくなった。給食の支払いの話を終えると、私と真音が残された。ギャルドリーで慣れたとはいえ、果たして、真音は、この幼稚園で１日を過ごすことができるのかどうか、私は、不安でいっぱいであった。私立のカオソウには、日本人の女の子が１人いるということであったが、建前としては、近いこと、園長先生の人柄が良いこと、本音としては、無償の公立幼稚園、通いやすさ、無宗教性という理由で、急きょ、公立に変更したのである。私立のカオソウはトゥールーズでも名

アルモン・レイグでは２人の先生についた。
最初のアニエス先生

門と言われている有名幼稚園らしく、ジェズイットすなわち、16世紀のはじめに設立されたイエズス会系の学園だそうである。建物といい、どこかしら古めかしく、悪く言えば、少々、教室や体育館が暗いようでもあり、良くいえば、気品があり、厳粛さを残しているような気配もある。ジェズイットと言えば、日本では、かの有名なフランシスコ・ザビエルが思い出されるが、カトリックを擁護するための厳しい規律と修行というイメージがある。日本にもカトリック系の幼稚園も多数あり、宗教色が濃い。しかし、まったく、宗教的な琴線に触れあうものがない状態でいる者にとっては、カオソウに入れるという格別の理由もなかった。私の実家は、浄土宗であり、仏壇の前で、木魚を叩きながら、仏さんを「まんまんちゃん」と呼んではしゃいでいた真音には、しっくりこないようにも思えた。真音は、キリストも仏も、亡くなった人はみんな「まんまんちゃん」と呼ぶのである。

また、カオソウの場合、親の所得に応じて、入学金や授業料を納める必要があり、経済的には負担であった。昨今の円安ユーロ高で疲弊していた者にとっては、公立が無償というのは、魅力的で、その点で、アルモン・レイグはカオソウ以上に宗教的に見えた。私は、二つの幼稚園を最後まで比較しながら、開放的で、近所のフランスの園児がやってくる普通の子ども達の中で育てる喜びと、ある場合には、授業料などをけちったことに対する後悔を少々残しつつも、アルモン・レイグで楽しく過ごしてくれることを祈らざるを得なかった。

真音は、それぞれの机に、紙と、色鉛筆が置いてあるので、教室に入るなり、人の似顔絵を描いて遊んだり、教室の奥の方にあるおもちゃのキッチンで遊び始めた。おもしろいことに、おもちゃの食べ物は、バゲットであったり、クロワッサンであったり、フランスの食べ物を模している。日本のお寿司や餃子と寸分変わらない。当たり前ではあるが、人間がしていることはみな同じであると思うと、自然と、異国にいるという不自然さも消えていくのだった。そうして、しばらく、真音がキッチンで遊んでいると、金髪の女の子や、茶髪の男の子も交じってきて、みんなは、言葉は交わさなくても、皿の上に一生懸命、卵焼きを載せたり、パンをかごに入れて配ったりして遊び出すのである。たまたま小さな椅子に腰かけていた私は、レストランのお客さんということになり、子ども達は、お皿に料理やフルーツを載せて、運んでくるのである。私は、お客さんになって、園児用の椅子に座り、幼稚園の説明会を待っていた。しかし、それは、いつになっても始まろうとしない。私は業を煮やして、アニエス先生に、「説明会はまだですか？」と聞くと、紙を渡され、それをよく読んでおくようにと言われた。ふと、そのような会は何もないことに気づき、「それでは、帰ってよいですか？」とさらに聞くと、オーケーオーケーというので、早々に帰らなければならないと思った。「後で必ず迎えに来るからね」と、帰ろうとすると、真音は、今まで緊張して、我慢していたせいか、園内に響く程、大声で泣き出し、「パパ、一緒に、遊ぼうよ」と言って離れないのではたまた困ってしまった。フランス語を勘違いして、よくわからず、園児としばらく遊んでしまったこともバツが悪かった。私が困っていると、補助役の若い先生が、真音を抱きしめ、「真音に、グッバイ」と言うように促した。私は、また、真音を病院に連れて行った時のことを思い出していた。「後で必ず迎えに来るよ」と何度も言っても、1人、取り残される、あるいは、阿倍仲麻呂のように異国の地に置き去りにされるとでも思うのか、3才児の頭の中は詮索できないが、「真音に、グッバイ」という言葉で、真音はパニックに陥った。テレビのドラマで、中国残留孤児が両親と別れ別れにならざるを得ない「大地の子」の別れのシーンを見たことがある。女優の真音は、横倒しに抱かれ、じたばたと暴れながら、「パパ！　パパ！」と叫び続けるのである。生まれながらに俳優のフランス人もこの光景には狼狽しているようでもある。

幼稚園の先生は、あまりにも痛ましい様子に目をしかめ、「ささ、お父さん。いいから、早く行って」と手で合図するので、私は、後ろ髪をダンプカーで引かれるような思いで、幼稚園を飛び出した。

私は、いったい、フランスに何をしに来たのだろうか。3才の娘に何をしているのだろう。

しばらく、茫然として歩いていると、ベビーカーを園内に忘れたことを思い出した。もう一度、アルモン・レイグの呼び鈴を鳴らし、ベビーカーを忘れたと告げると、今度は、校舎のドアから入れてもらい、校庭の隅に置き忘れたベビーカーを真音に見つからないようにそっと取りに行った。ふと、それでも、やはり、その後の真音の様子が気になって仕方がない。真音の教室を、そろり、そろりと、抜き足差し足で、そっとのぞくと、真音は、キャーキャー言いながら追いかけっこをして遊んでいるのだった。

＊　＊

フランスの幼稚園は、時間に厳しく、少しでも遅れると、鉄格子のドアが閉まります。それでも遅れて行くと、呼び鈴を押して入れてもらいますが、「時間通り、来てもらわないと困りますよ」と叱られるのです。それで、毎日、朝は、がちんこ勝負となるのです。言葉もわからない幼稚園に行かされるのは苦痛なので、間際までごねるのが日課でした。朝の暗いうちから、テレビのドーラちゃんや、バーバパパを見ながら、お着替えをしつつ、ごはんとみそ汁を食べさせられ、ベビーカーに乗せられて幼稚園に行くのです。家から幼稚園までは１キロ位で、坂道を上がっていきます。幼稚園に行くと、帰りに、飴玉やお菓子を買ってもらうという約束をとりつけることを忘れずにです。

朝の日課は、点呼です。みな、自分の名前を呼ばれると、「ジュスイ・ラ（います）」と言います。「マイーン」、「ジュスイ・ラ」。「サハ」、「ジュスイ・ラ」。「マエ」、「ジュスイ・ラ」。私の名前は、呼びづらいらしく、どちらかというと、メインと呼ばれているような気がします。表記が、ＭＡＩＮのせいかもしれません。そして、ヴィコール、カルラ、トマ、シャロン、ロバン、ミロ、アリア、ヤッシー、シィディ、ルーシー、レオン、ヌー、アイナス、ルディバン、ディアン、ルイ、ポール、リゾン、シャイマンが順番に呼ばれます。

中でも、ヤッシーは、腕白ものというか、いたずら好きで悪いです。ヤッシーが来ると、逃げます。日本人特有のしもぶくれのほっぺたがおもしろいらしく、いきなり両手でつまんだり、キスしたりするので、困ります。この間も、ヤッシーに引っかかれたので、ほっぺたに傷ができました。パパやママに言うと、「ノン」と言って先生のところに逃げなさいと忠告されました。ヤッシーがそれでも追いかけてくると、トマのところに行きます。そうすると、トマは、私を守ってくれるのです。レイグのトマは、白雪姫に出てくる王子様のようです。

教室では、髪の毛が爆発しているシャイマンという女の子や、耳にピアスをしたサハ、マエという金色の髪の毛をした女の子と、絵を描いたり、歌を歌ったりします。テトテト・ジュヌピー、ジュヌピー。テトテト・ジュヌピー。日本でもよく聞くメロディーです。テトは、頭で、ジュヌピーが膝です。最初は、テトテトとは、頭を2回叩いて、膝がポンなのかと思いましたが、パパに聞くと、歌詞には、エポールと肩が書いてあるので、正確には、テテポー・ジュヌピー、ジュヌピー。テテポー・ジュヌピーだと言います。頭と肩がくっついて、テテポーになるといいますが、幼稚園では、どうしても、テトテト・ジュヌピー、ジュヌピー。テトテト・ジュヌピーとしか聞こえません。頭と肩と膝を叩いて歌います。これは、後ほど、日本でも有名な「頭、肩、膝ポン」の歌と同じであることがわかりました。アンパンマン先生が教えてくれた歌と同じです。

アルモン・レイグの鉄の扉。
時間になると、ガチャンと閉まる

お昼は、給食の先生がいて、毎日、その日に食べるものの写真を廊下に張り出します。ピザや、スープ、カスレが出ることもあります。私は、このお昼の時間が大好きです。

しばらくして、お昼寝の時間になると、二段ベッドがたくさん置いてある、お昼寝の部屋へ行きます。これは、まったくの自由で、寝たい子は寝て、遊びたい子は遊ぶという感じです。おもしろいことに、みんなはそれぞれ添い寝をしてくれるドゥードゥー（ぬいぐるみ）を持ってくるのです。猿や、うさぎや、犬や、プーさんや、様々です。「マインも、何か持ってきたら」とアニエス先生に言われたような気がするので、バルセロナで買ってもらった大きな皇帝ペンギンをベビーカーに入れていると、パパが一目散に駆け寄ってきて、日本のお猿さんにしときなさいというのでした。何を持たすべきか、パパは真剣に悩んでいるのでした。

✤謎の男、トマ

幼稚園も少し慣れてきた頃、真音は、泣きべそをかいて帰って来たことがあった。いつものように、帰ってくるなり、お菓子、お菓子とうるさくねだるのであるが、顔のほほに、赤い傷が入っている。痛そうでもなく、元気な様子であるが、ティッシュ・ペーパーで押さえると、血痕がつき、眼鏡をかけてよく見ると、深い傷になっている。「これは、誰がしたのか」と聞くと、ヤッシーがしたという。私は、真音が女の子であるので、後々になって残るような傷であると、このまま、レイグに行かせてよいものかどうかと不安に思えてきた。いじめられているのではなかろうかという不安は、国内でもあるが、海外では言葉が通じないので、尚更である。どうもヤッシーは、悪気はなさそうであるが、手加減を知らず、横着な行動をする男の子らしい。

その頃か、ヤッシーが悪玉として現れ、善玉としてトマという謎の男が現れた。真音の話によると、トマは正義心の強い男で、悪玉を退治してくれるらしい。トマの横にいると、誰も真音に手だしはしないようで、お姫様のようにしていられるらしい。ただ、心配なことに、話がエスカレートしてくると、「セミの家」にいた頃から見続けているディズニーのDVDにのめり込み、自分のことを、いつの間にか、白雪姫やシンデレラ（フランス語では、サンドリオンという）、美女と野獣のベル姫、はたまた、人魚姫のアリエルなどと言いだし、歩くたびにギシギシというアパルトマンで、ママのスカーフを巻いてはダンスするのである。「だからトマが王子様なのよ。二番目は、パパよ」と言うと、顔に出来た傷はまったくお構いなしのようである。

今度は、トマという謎の男の方が心配になってくる。トマというのは真音の頭の中では白馬の貴公子だそうである。ハンサムボーイである。夕方、真音を迎えに行くと、トマとおもちゃの車で遊んでいたりする。真音はしきりにトマの話をする。しかし、「今日は誰と遊んだの？」と聞くと、「マエ」とか、女の子の名前が多くなる日もあり、最近は、トマが遊んでくれないと愚痴をこぼすこともある。

真音は、幼稚園で、いくつか、フランス語の単語を覚えてくるが、言葉がわからないとポツンと呟く。食事や排便、排尿をすることが問題なくできても、自由に友達に話しかけたり、何の話をしているのかが日本語のように聞き取れない苦痛は、留学ともなれば、相当こたえるものである。トマとも充分に話が通じないのだろう。

真音が幼稚園で描いてくる絵は、小さな点のようなものが多く、大きく堂々としたものがなかった。幼稚園の先生が絵本を読んでくれてもそれを理解することはできない。2才の後半にトゥールーズに来たが、その時点ですでに大まかな日本語を聞きおぼえて日本語を話していたからだ。真音は、幼稚園から帰ると、私がダイエーで買った日本語のディズニーの映画を見るか、バーバパパを好んでよく見ていた。バーバパパは、フランス語である。

ディズニーの映画の中では、プーさんと、白雪姫をエンドレステープのようにして見ていた。これは日本語である。真音にしてみれば、日本に帰るのか、このままフランスにい続けるのかわからない。当座、フランスの幼稚園の中にいるというだけである。

＊　＊

レイグ幼稚園の先生に「牛」の顔の化粧をしてもらって帰ってきた。
フランスでは、よくするそうです

この間、レイグで、みんなが一つだけ大事な宝物を持ってくるということになったよ。マエは、お人形、トマは、自動車、シャイマンはエジプトで買ってもらったというヘリコプター。まいんは、ママと相談した結果、日曜の朝、サントーバンの朝市で買ってもらった白雪姫の大きなぬり絵を持って行きました。その日は、ミロの誕生日で、ケーキにロウソクを4本立てて、お祝いをしました。その日のお姫様は、ミロだけれど、まいんがお姫様になれる時はいつ来るのかな。

ママに聞くと、「パパに聞いてごらん」と言います。パパは、「うーん」と言ったきり答えません。「いいもん。まいんは、ロウソクがなくてももうお姫様なのよ。レイグのお姫様」と言うと、パパは、「そうすると、他の子ども達が小人さんということか」といじわるな質問をします。「違うよ。トマは、王子様よ」と言い返します。パパが、少し悲しそうな顔をしたので、「やっぱり、パパが王子様よ。だから今度は、パパが迎えに来てよ」と言うと、苦笑いします。レイグには、積み木や、車のおもちゃや、人形など、遊ぶものがたくさんあるけれど、女の子に大人気は、お姫様のドレスです。シャイマンやマエがそれを着て遊んでいます。私は指をくわえて見ているだけです。アニエス先生が、着せてくれようとしたけれど、恥ずかしくてトイレまで逃げて行きました。でも、本当はお姫様のドレスが欲しいのです。

第9章　頑張ること、頑張らないこと

ポール・サバティエ大学にて

✤フランスのゆとりについて

9月に入って、トゥールーズ第3大学（ポール・サバティエ）の新学期も始まった。デスカルグ先生の会計学の講義は、月曜の1限からであった。トゥールーズ第3大学の場合、1限は朝の8時からであった。従って、月曜だけは、真音よりも早く起きて、真っ暗な朝、アパルトマンを出る。真音は、幼稚園に行く準備をしながら、テレビの漫画を見ている。私は、携帯ラジオを聞きながら地下鉄まで歩いて行く。階段のところではいつもトゥールーズの地方新聞を無料で配布している。トゥールーズの地下鉄は、無人であるが、短時間でスムーズに走っており、構内には、いつも、軽やかな音楽が流れている。また、地下鉄は、駅ごとに個性があり、デザインや建物のトーンがすべて異なっている。フランソワ・ヴェルディエという駅は、市庁舎のキャピトルから少々離れているとはいえ、トゥールーズの高級商店街への入口であるせいか、黒い大理石のような壁や、アバンギャルドなファッション誌のようなデザインの仕掛けがあったりする。それも一駅過ぎて、裁判所近辺の駅になると、フランス革命の「自由、平等、博愛」という文字が刻みつけられ、一種の神聖さを醸し出す仕掛けがなされている。パリの地下鉄も駅ごとに個性があるが、クラシックである。トゥールーズの場合は、全体的なトーンとしてモダンであり、エレベーター、エスカレーターが極めて機能的にデザインされているのである。

それに対して、大学の方は、理科系らしく、広大な敷地に、数えきれない程の校舎や実験棟が連なっている。施設は、至るところで電球が切れていたり、ドアのノブがなかったり、ドア自体が開かなかったりと、日本の大学に比べると、補修、保全はほとんど手が回っていないようである。余程、真音の幼稚園の方がよかったりする。デスカルグ先生は、フランス会計学会の会長も務めた人であったが、大学に専用の研究室を持っていなかった。日本の大学院生のような小さな部屋に数人の教員が机を突き合わせているのである。個人主義と思われるフランス人からは想像がつかない光景である。デスカルグ先生は、それでも、「この部屋は、東芝のエアコン（クリマティズール）が付いているから快適である」と言う。確かに、フランスでは冷房のあるところは珍しく、カフェでも、冷暖房完備（クリマティザシオン）を店の売りにしている程である。資金不足か、フランスの気候に合わないのか、電化製品やオフィス製品は、日本に比べると明らかに不自由であるが、地下鉄やバスなどの公共交通機関は、極めて便利である。タバコバス停は、おしゃれな雨よけがあり、わかりやすい路線バスの路線図が描かれている。

屋でもバスの切符が買える。市内は共通料金であり、地下鉄もバスも1回乗ると、同一料金でカウントされる。日本のように、雨の日は傘をさしてバスを待ち、10円単位の計算をしなくてもよいのである。ストレス・フリーである。

奇妙なことに、月曜の朝の1限であるにもかかわらず、学生はたいてい、出席している。私は、いつも前列の右側に座っていた。そうすると、月曜の朝の1限で、しかも会計学の講義であるにもかかわらず、目の前で、男女を問わず、頬にフレンチキッス（これは、フランスでは、ビズといい、キスではないらしいが、日本人にはキスにしか見えない）をする。しかも女子学生が机をまたいで前の空席に座り、真剣にノートを取っている。そして、講義の途中でも質問が飛び交う。私も、地方大学の教師であるが、こうした光景は不思議でならなかった。日本では、たいてい、月曜の朝の1限には講義はない。前列にしか空席がなければ仕方なくそこに座り、あからさまに頭を伏せて寝ていたり、内職（資格試験の勉強）などをしているのが通例である。机をまたぐことはない。

私は、1人の大学教師としてフランス人の学生気質が不思議でならなかった。デスカルグ先生はそれでも近頃の学生はざわざわと騒がしいので困ると愚痴っていた。私は、これほど多くの学生が、月曜の朝の1限であるにもかかわらず、真剣に会計学を勉強しているのはどうしてもおかしいと思っていた。そうすると、仲間うちで何か紙のボードを回してサインをしていた。出席表である。フランスの場合は、1人1人が個性的なサインを持っているので、代筆することができないのである。また、この講義では1時間ごとに10分程の休憩をとっていた。よく見ると、フランスの学生も慣れてくると、戻って来なかったり、途中で出て行く者もいたり、しきりにデスカルグ先生に叱られている者もいる。休憩から戻って来ない学生にはぴしゃりと先生がドアを閉めたりする。実は、フランス人の先生も学生には手を焼いている。それを見て、私は、少し、安心した。

もっとも、フランスと日本を比較するということにたいして意味はないかもしれない。日本人が地球儀で見るフランスと、実際のフランスは異なっている。フランスの生活に入っていくにつれて、日本はあくまでもアジアの国の一つでしかないことを実感する。当地にいて、アジア人がいたとしても、その人がどの国の人であるか、完全に見極めることはできない。おそらく、地球の全体からすると、ヨーロッパがあり、ロシアがあり、アフリカとアジアがある。そして、フランスから派生したアメリカ大国とオーストラリアなどの諸国があるという布置になるだろう。フランスに徴兵制があった頃、アフリカか、もしくはアジアでボランティアをすれば、徴兵が免除になっていたこともあるそうである。欧米の学術雑誌は、今でも、アジアとアフリカが一括りにされている。フランスのデパートに置いてある地球儀や地図を見ていると、ジャポン（日本）は書いてあっても北海道と本土だけで、四国と九州がないのもある。その地図を正確に見ると、自分の住んでいる場所がないことになる。フランス人はたいてい、日本よりもアフリカの方が詳しいだろう。夏目漱石や森鷗外の時代にあっては、留学が大きなステータスであり、ヨーロッパの文化や技術を輸入することは、日本の文化や経済を発展させる起爆剤であった。日本は、常に頑張らなければならない状況に置かれてきた。経済力を強化させるために頑張った結果、公害や温暖化が発生した。今度は、二酸化炭素削減に向けて頑張らなくてはならない。その図式を静観すると、そもそも、最初からそんなに頑張らなくてもよかったのではないかという疑念すら湧いてくる。日本には、頑張っていない人を排除するという国民性があり、「頑張っていない人」の生存権や幸福を認めない風潮がある。例えば、お店で洋服を販売していても、日本の場合は、1人もお客が来なくても、DMを書くなり、靴を磨くなり、洋服にアイロンを当てるなり、頑張っているように見せなければならない。フランス人のようにお客でいっぱいであるにもかかわらず、外で煙草を吸ったり、友人とハグしたりするということはない。フランスでは、買い物帰りのおばさんが、かばんを横に置いて地下鉄を運転していたり、日曜日に日向ぼっこをして散歩をしていた人が、ふとしたついでにバスを運転しているような雰囲気が漂っており、「いかに頑張っていないか」を見せるところにフランス人の国民性、気質があるように見える。フランス人はたいてい、口笛を吹くのが上手である。タクシーを止める時に2本の指で口笛を吹いたり、口笛で感情を上手に表現したりする。そうすると、ますます頑張っていない空気が漂うのである。

日本には、「いかに頑張っていないか」を見せる文化的土壌がない。日本人がこれを真似すると、単に、だらしないだけであったり、見苦しいものにしかならない。「頑張る」とは、頑《かたく》なに意地を張ることに過ぎないからである。日本人は働き蜂だと言われるが、いかに無駄な仕事をして「いかに頑張っているか」を演じてきたのではないだろうか。頑張っていれば必ず利益が生まれるという保証があるわけではない。日本人は、頑張るために頑張ってきたのだ。そして、それはそこはかとない疲弊やストレスを生んでいる。良い仕事をするためには、無駄な仕事や余計な仕事を抱えないようにしなくてはならない。フランスから学ぶべきことは、良い仕事をするために「いかに頑張らないか」ということである。そのためには、第一歩として頑張っていない人を認める文化を再構築することである。ゆとりや余裕とは無為に過ごすことではなく、高尚な文化であり、創造の源になるものである。フランス流に解釈すると、大学とは、読み、書き、そろばんの実務家養成の寺子屋ではなく、人生のゆとりであり、余裕である。余裕の中で何かを創造する場所である。仕事人間として社会に出た人であっても、もう一度、物事をゆっくり考えるゆとりや余裕を付与するところである。しかし、今や、日本の大学は寺子屋であり、ますますその傾向は強くなっていく。

✤研究室にて

金曜日の午後には、ほぼ毎週、研究報告会があり、経営に関する研究の報告があった。例えば、ロックフォールを扱う会社の経営戦略の問題、エアバスの下請け産業の問題、カジノやカルフールといったフランスの大手スーパーのマーケティング、従業員のストレスの問題といった地場産業の報告が多く、まさにトゥールーズらしいテーマであった。一つ一つの説明は丁寧になされ、活発な質問が長く続いた。いかにも議論好きのフランス人らしい光景が繰り返される。

私は、それとは別に週に2日、フランソワ・カトリック学院のキャロルという熟練の女の先生からフランス語を習っていた。まずは、フランス語で書いた研究論文を徹底的にフランス人が読めるフランス語にしてもらい、フランス語で自分の考えを説明するということを行っていた。留学経験のない者が、半年程で、対等にフランス人の研究者と議論するというのは無理な話である。しかし、諦めるわけにはいかなかった。そして、真っ赤になった原稿をデスカルグ先生に貸していただいた研究室で一つずつ修正していくという作業を繰り返していた。

ポール・サバティエ大学で借りていた私の研究室（２人で共有していたが、もう１人のフランス人はほとんどこなかったので、たいていは１人で使っていた）

金曜日以外は誰も来ないので、たいていは、その研究室にいた。半年も過ぎると、電話に出たり、お茶を入れたり部屋の使い方を説明することもできるようになっていた。建物自体は老朽化していたが、セキュリティは保たれており、パソコンも、プリンターも、電話も自由に使うことができたので、物理的には快適に過ごすことができた。

しかし、私は、特に、フランスについて研究してきたわけでもないので、戸惑うことが多すぎた。もともと、仏文を出ていても、口語ともなると特別なレッスンを受けるか、最低、５、６年はどっぷりとフランスに浸からなければ、言葉も考え方の筋道も見えては来ないことはわかっていた。おそらくは、今後の研究の土台となることを発見するとか、言語的な基盤を作るとか、まずはフランスの経営・会計の諸事情を知り、体感することに意義があると考えていた。その糸口を探るためにもできる限り、長く、滞在したいと思ったが、その願いは届きそうもなかった。それで、さしずめ、私に関する留学記を書くのは、たいして意味のないことのように思えてきた。私の留学のもう一つの目的は、フランス人が、フランス人として生活しているように、生活することであった。まるで、ゾラのごとく、生のフランスの生活を味わいたいということである。それには、元気のあり余っている娘の真音の留学記を書く方が、このフランス滞在を生き生きとしたものにしてくれるのではないかと思ったのである。

それはさておき、私はたいてい、一番最後に研究棟のカギを閉め、雨戸を閉めて帰る。地下鉄の乗り場まで歩き、ファキュルテ・ドゥ・ファルマシー（薬学部）の駅から乗ってフランソワ・ヴェルディエ駅で降りる。そこから10分程、ジャン・リュー通りの坂道を上がるとアパルトマンがある。途中、1ユーロのバゲットや水を買うこともある。バゲットは、どこの店でも、幾多の種類はあるが、1ユーロ程度で、日本円にするとそのまま為替の変動幅のように、130円から170円程になる。2008年の初頭はユーロが高騰し、170円を超えたが、夏を過ぎると、130円程度に下落してきた。秋になると、少々、生活が楽になった。

第10章　カオールでの出来事

カオールの街かどで

トゥールーズ近郊には、フランス南西部の有名な都市や村がいくつも点在している。その一つに、黒ワインで有名なカオールがある。カオールのワインはタンニンを多く含み、赤ワインであるが、カラフ（水差し）に入れると、黒い水のように見える。デスカルグ氏が気まぐれにメール添付してきたロットの遺跡の研究発表会の案内を契機に、土曜の朝、これといって特色もないカオールに行ってみることにした。トゥールーズ・マタビオ駅で、ある時、フランス国鉄（SNCF）の割引会員になった。これにより、料金が半額ないし70％割引にまでなり、どこでも安く国鉄の旅ができるようになった。

トゥールーズに来てから、真音用のDVDで不思議の国のアリスや、プーさん、白雪姫の音楽が常に流れていたせいか、本当に森の中で生活をしているようであった。フランス南西部は、どこまでも続いているかのような平原と、険しい樹木と、森の妖精が住んでいるような森林がある。黄色や赤といった原色の葉が、柔らかい日差しの中で煌めいている。どこまでも広く、どこまでも高く、豊かな葉っぱが、パステル画の中でダンスをしている。木立の向こう側から甲高い小鳥の声が響き渡っていた。

カオールは、森の神秘である。ロット川に囲まれた小さな街である。インターネットで検索していると、ジャジャとアランの店では、黒トリュフ入りのオムレツを季節限定で食べること

カオールの駅

ができることを知った。実際、その店に行くと、日本人がよく来ると言い、日本の雑誌に自分の店が載ったので、それを見よと言って、『ブルータス』という雑誌を持ってきた。2階のオープンテラスに座ると、アランが黒ワインをカラフで持ってきた。「黒トリュフ入りのオムレツを食べることができますか」と聞くと、12月にならなければ食べることはできないということであった。アランは、真音を見ると、ホーと、大きな声を出し、厨房にいる奥さんのジャジャを呼んできた。確かに、どこへ行っても真音はお姫様である。

3才の娘が漁師鍋のような大きなスープを見て、手を叩いて喜んでいる。白雪姫が小人さんのために作った大きなスープ鍋である。

不思議なことにフランスに来て、半年以上が経とうとしているのにレストランのメニューにはスープがほとんどなかった。あったとしても、せいぜいオニオンスープ位である。真音は、幼稚園で食べているせいか、スープが好きで、ご飯の時になると、スープ、スープ、スープと言っていた。ジャジャさん特製の煮込みスープとカオールの黒ワインは極上であった。

そして、幼稚園の給食のせいか、いつの間にか、チーズ好きになっていて、パンとチーズを率先して食べるのが真音である。後は、ワインさえ飲めれば、フランス人というところまできている。大人とは、順応性のスピードが異なっている。これはこの子の性質なのか、本来、幼児は環境に適合しやすいのか、驚くべき吸収力を見せつけてくれる。「パパ、チーズをフランス語で何という?」「フロマージュでしょ」「違うよ。フォッマージュよ」と発音まで正される始末である。真音のRの発音はほとんどフランス人並みである。他の子ども達やナタリー先生の真似をしているのだろう。おそらく、このまま、5、6年フランスにいることができたならば、真音は普通にフランス語を話せるようになるだろう。

ジャジャとアランの店を出ると、その裏側にサン=テチエンヌ大聖堂があった。この大聖堂は、カオールの二大名所の一つであるが、庶民の身近な教会でもある。10月半ばのフランス南西部はまだまだ暖かい。ベビーカーを入口のところに置いて、3人で教会の椅子で休憩してい

ジャジャとアランの店。ランチが10ユーロで、食べきれない位でてくる。ワインも飲み放題、チーズも食べ放題

ると、次から次へと、聖水の前を信者が通り過ぎて行く。正面のステンドガラスがキラキラと色とりどりに輝いて、秋いっぱいの日差しが降り注いでいた。

人生、50年という区切りを考えると、もはや自分にはたいして時間が残されていない。目の前でおどけて見せる真音は、これから50年、80年、長い人生を生きることになる。大人になった真音にとっては、こうした体験は有益なことになるかもしれないし、不要なことかもしれない。50才になってフランス語に苦しむならば、もともと語学などかじらない方がすっきりするだろう。人はたいてい、食べていくことだけで精いっぱいである。バイリンガルか、日仏カップルか、もしくは、フ

ジャジャとアランの店のチーズ

ランス語で食べていくという覚悟でもしなければ、フランスの壁を破ることは困難である、などと悲観的なことを考えていると、幼稚園という小さな世界で、朝の8時から夕方の6時まで、フランズ人の仲間と過ごし、次から次へと友達をつくり、まるでフランス人のように暮らしている真音がとても羨ましく思えてくるのであった。ベビーカーに座って、草を振り回しながら、「植物園に、幼稚園の友達と遠足に行ったよ。大きなバスが何台か来て、全員で行ったよ。お弁当を持って、カモを見たり、すべり台や、くじらのシーソーをしたりね。水を飲む時は、ポンプだから先生がしてくれるよ」と教えてくれる。

ところで、カオールの街は小さいので、ベビーカーを押しても一周できる。路地裏から反対側のヴァラントレ橋まで歩いて行くと、観光船がボーという大きな音を鳴らす。そのまま観光船の乗り場まで行くと、次の乗船の受付をしているところであった。勢いで乗船すると、天候がよいので、デッキの椅子に座ることにした。真音はベビーカーに座っている。出発するまでに、フランス人の観光者でデッキがいっぱいになった。個人主義の国には珍しく、全員が仲間うちらしく、お互いにジョークを飛ばしている。笑い声があちこちから上がる。気がつくと、その中に3人がはまり込んでいる状態になり、何か、ジョークの一つでも言わないと場がしらけるような雰囲気になっているのだった。人生、ほぼ50年、たいしたこともしてきていない。フランス語さえものになっていない。恥ずかしながら、元気な真音が生まれてきたことが我が人生に特筆すべきことなりと、思いつつも、なかなか出発しない。デッキのフランス人はお酒もないのに上機嫌丸出しである。

「それで、あなた方はどこから来たのか、フランス語はわかるのか、子どもは何才なのか」など、フランス語と英語で妻に聞いている。少々、フランス語で返すと、「フランス語がわ

カオールの有名なヴァラントレ橋

ロット川の観光船内

かるのか？」と援護射撃のように後ろのカップルが聞いて来る。わざわざパリの郊外からカオールまで遊びに来たのに最終の観光船が故障して動かないともなれば、船長はお詫びに歌の一つでも披露しないと収まらないような空気である。真音は苦い笑顔をふりまいている。その時、真音に大きな虫が飛んできた。山間の田舎町であるので、虫も大きい。後ろの旦那が、「ええい。俺が潰（エクラゼ）してやったぜ」とその虫を足で踏みつけた。メルシー、メルシーである。ジャジャとアランのお店で飲んだカオールのワインが完全に抜けてきた。後ろの旦那に、「この船は故障しているのか？」と聞くと「たぶん、そうだ」と言う。太った船長は、船を出すと言っているにもかかわらず、沖に上がっていくのを見て、誰かが「船長は、ピッピ（幼児語で、おしっこ）よ」と言うので、一同お腹を抱えて大笑いである。それを真音が笑っていたかどうかはともかく、幼稚園児が最初に覚えなければいけない言葉が、ピッピとカッカ（幼児語で、うんち）である。

そうすると、沖の向こうから60代位の夫婦が遅れて乗船してきた。かと思うと、車の中にカメラを忘れて来たようで、細身の旦那の方がまた戻っていく。船内はまた「ブー」である。船長は、この2人を待っていたようである。そして、その旦那が軽快に走ってくると、一躍、ヒーローになっている。何とも奇妙な、別の言い方をすると、長閑な観光船に出くわしたものである。イタリア系の若い女性ガイドが最後に登場すると、充分、前座をこなした後の寄席のような状態になって、ロット川を渡航した。フランス人同士は、たいてい、大いに盛り上がる。おそらく、それはラテン気質というものに違いない。

第11章　エリソン（はりねずみ）

エリソン（はりねずみ）とともに

ある日、ポール・サバティエ大学の研究棟で、サンドイッチ・ジャンボン（バゲットにハムをはさんだサンドイッチ）をかじりながらパソコン作業をしていると、ふらっとデスカルグ氏が現れた。

「ボンジュール。サバ？　君の家族はみな元気かね。マインは、幼稚園に行ってる？」

「ボンジュール。ええ、このところ、随分、慣れてきて、友達も増えてきたみたいです」

「しばらく、見ていないけど、大きくなったんじゃないか？」

「随分、大きくなりました」

「会計学の授業や、研究会はあるが、休みの日にはどこかへ行っているのか？」

「この間、カオールに行ってきました。トリュフを1度、食べてみたいと思ったのですが、この辺りでもメニューにすらありませんね」

「それは私も食べたことはないよ。セップ（きのこの一種、ボルチーニともいう）ならあるけれどね」

デスカルグ氏の表情から、研究者というのは質素なもので、トリュフなど食べるものではないという含みを読みとると、「他にどこか、よいところをご存じですか？」と質問を変えた。

「私は、ロカマドールの生まれだから、ペリグーや、車がないと行けないところしか教えられ

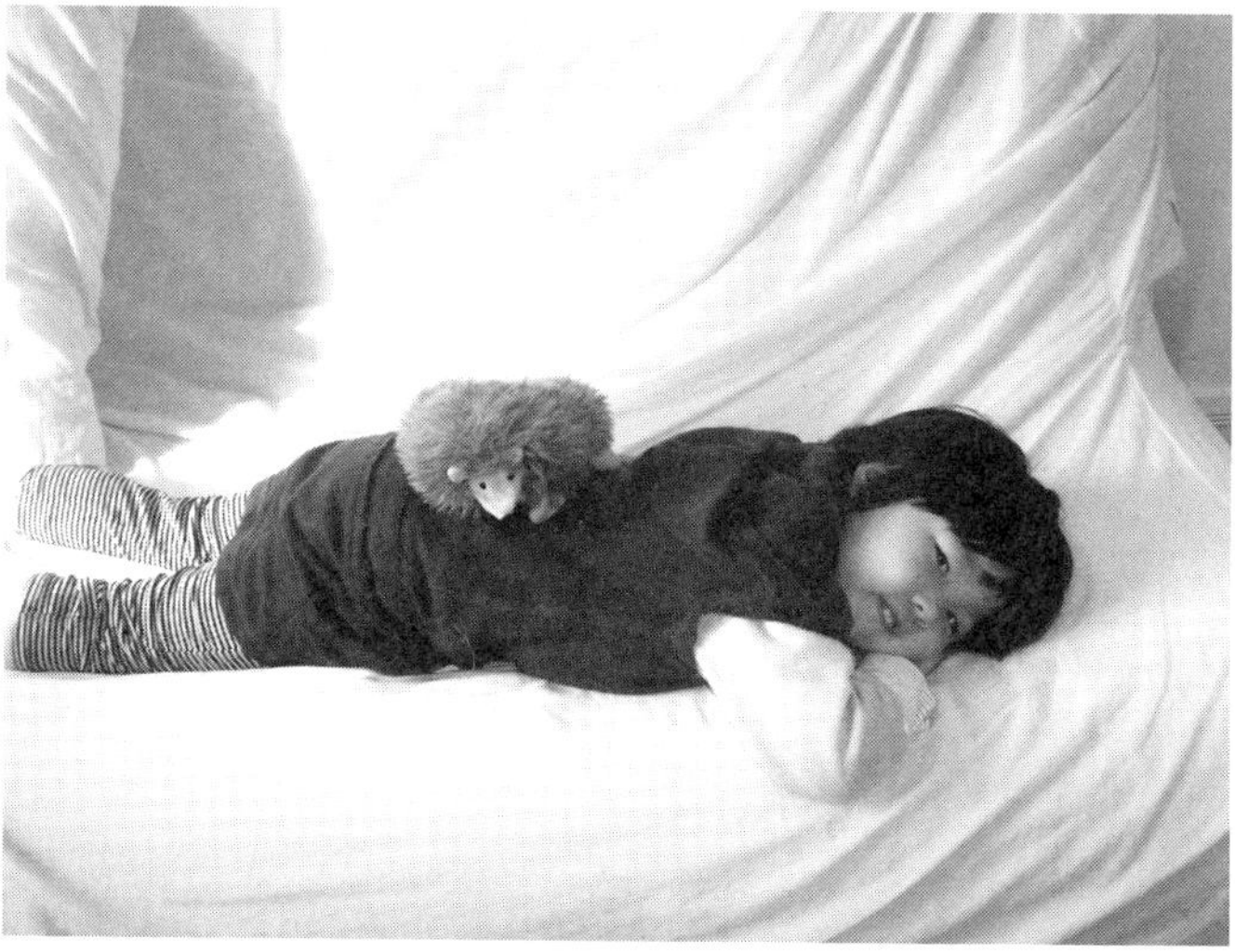

レイグ幼稚園で借りてきたエリソンを背中にのせています

ないが、近いところでは、オーシュ（Auch）がよい。是非、オーシュに行ってみるとよい」

デスカルグ氏は、日帰りでも行けるので、オーシュを強く勧めてくれた。

アパルトマンに戻り、ドアを開けると、猫の顔をした真音が飛びついて来た。「なんだ、その顔は？」と聞くと、幼稚園の仮装行列で、園児は1人1人、動物の顔を描いてもらったということである。真音は、その顔が気に入って、何度も鏡で見ては、はしゃいでいたのだ。

今日の食卓は、バゲットと、サラダとハムである。サラダは、オリーブオイルで食べる。フランス語の先生に、不動産屋が集まっているオデンヌにスペインのオリーブオイルを量り売りしているところがあるので、行ってみるとよいと勧められてからというもの、オリーブオイルでサラダを食べるのが日課になっていた。トゥールーズの中心街にロントルコート（L'ENTRECOTE）というステーキ屋さんがあるが、前菜にオリーブのかかったサラダが出てきて好評であった。サラダは、オリーブのみでおいしいが、それにはオリーブの品質にみそがあるらしい。ちなみに、この店だけがいつも繁盛していて、開店前から道路からはみ出す程、行列ができているのである。

「オーシュというところがいいらしいよ。ネットでみると、かなり近いし、メシもうまいらしい。三銃士のダルタニアンの像がある」

エリソンのチョコレートケーキ

「そうね。私も聞いたことがあるわ。真音、ちゃんと、座って、ごはんを食べなさい」

「ごはんやないよ。パンよ」

「いいから、うろちょろしないで食べなさい。幼稚園でも言われてるでしょ」

　真音は、変わったぬいぐるみを持ってきた。エリソン（はりねずみ）のパペットであった。エリソンと一緒に写真を撮り、ノートに写真を貼り付け、自己紹介文を載せ、順繰りに各家庭に回していくのだそうである。園児達は、思い思いの写真を載せ、絵を描いたり、簡単なフランス語で自己紹介している。ノートを回すだけで、いろんな子どもの紹介文を読むこともでき、思い出にもなるという代物である。真音は、エリソンを頭に載せたり、パペットコントをしたり、添い寝をしているところを、ママに写真を撮ってもらい、ノートに貼り付けた。国は日本、北九州市、小倉生まれ。日本の地図を描いて、九州、四国、本土、北海道の四つの島のうち、九州というところで生まれたと書いた。フランスでは、エリソンが幸福を運んでくると信じられている。真音が運んできた幸福は計り知れない。

その週末、またしてもフランスの国鉄（SNCF）の割引切符を手にして、土曜の朝早く、トゥールーズ・マタビオ駅からオーシュに向かった。途中、乗り換えがある。バスである。途中から電車が走らなくなって、駅は無人化している。不思議な気分でバスに乗ると、フランス南西部の大平原が現れ、農業国の豊かさを思い知らされる。オーシュに近づくにつれて、フォアグラの加工工場が次から次へと現れた。あひるやがちょうの肝臓を肥大化させたフォアグラの製造は何もフランスに限らないが、フランス南西部の特産品というイメージはある。そのイメージを裏切らない場所の一つが奥地のオーシュである。バスの終着点は、国鉄オーシュの駅である。ジェール川の対岸にサント・マリー大聖堂がある。ジュール川は淀んでいて、お世辞にも美しい川とは言えない。カオールを一段、寂しくしたようなところであるが、サント・マリー大聖堂の広場には朝市があり、生活感のある物品がたくさん売られている。明らかに羊とわかる巻き毛の毛布や、焼きたてのパンの数々、ソーセージやチーズ。骨董品まで売っている。

大きな教会の傍で、大きな笠のセップ茸を売っていたので、それを大量に買い込んだ。

高台にある教会前の石畳を下って、ベビーカーを押して行くと、横から猫が飛び出してきて、洋服屋のジーパンにおしっこをかけていく。真音が、「あーっ、猫がしっこしたよ」と大きな声でいう。11月を過ぎると、寒さが厳しい。ケーキ屋が1軒あったので一休みすることにした。ベビーカーを降りて、目の色を変えて、お菓子の家に胸を躍らせている。このお店も日本人がよく来ると見えて、お茶には紅茶、烏龍茶、玉露まで用意されている。真音は、はりねずみのチョコレートケーキを指差している。この季節、子どもはエリソンのケーキを食べるのだろうか。大人の手のひら程ある大きなケーキに、チョコレートの針と、白クリームの目が上手に描かれている。他のファミリーの子ども達も、大きなエリソンのケーキにかじりついている。

真音のエリソンは、今は、アパルトマンで寝ているが、明日には、他の子に渡さなければならない。とりたててオーシュに何があるというわけではなかったが、フランス人のツボにはまる土地なのだろう。

第12章　クリスマスの贈り物

ロンドンのマンダリンホテルの前で警官風ドアマンと一緒に

クリスマス（ノエル）が近づくと、トゥールーズの街並みもクリスマスのイルミネーションで華やかになる。ワインショップでは、クリスマス用の大きなシャンパンが飾られたり、スーパーでは、クリスマス用のフォアグラやケーキなど数多く出される。特に、そのシーズンにしか出ないクリスマス・チョコレートはワゴンに積み上げられている。

レイグ（幼稚園）でも、クリスマス・ツリーを飾ったり、準備に余念がない。真音は、テレビに映るおもちゃの宣伝のチェックに余念がない。これは要る。これは要らないと。

フランスの建物は、アパルトマンであっても、一戸建ての住宅であっても、暖炉の煙を外へ出す煙突がある。最近は全館暖房のセントラル・ヒーティングを使うことが多いが、暖炉の習慣は消えていない。不動産屋の物件にも暖炉付（ショファージュ）というものをよく見かけた。

日本では、ほとんど、工場でしか煙突というものを見かけないが、フランスの住宅街ではどの屋根にも小さな煙突がたくさんついていて、煙突掃除をしている光景にも出くわす。時折、空に煙が上がる。真音を抱き上げて、3階の窓から煙突を指差した。「ほら、あそこに煙突があるだろう。サンタさんはね、フィンランド辺りからトナカイに乗って、ほら、あの煙突から入ってくるんだ。よい子にしていると、願いがかなうよ」「よい子と違ったら？」「さあ、それは、どうかなあ」「まいんは？」「んー。しっかりごはんを食べてるか？　歯を磨いているか？」

「まいんね、ごはんも食べるし、歯も磨くよ」「じゃ、大丈夫かな」「でも、ここには、煙突がないよ」私は、焦って、とりあえず、排気孔を探して、「たぶん、あそこから入ってくるんじゃないかな」と、とってつけたようなことを言って、ごまかすと、「ママ、あそこからサンタさんが来るんだって」とママを呼びに行くのだった。

真音は、小人さん達がいることも信じているし、白雪姫に出てくる魔女のおばあさんも信じている。そして、真音が寝ている時に、小人さんが子ども達のプレゼントをつくっているのだと説明してくれる。また、意地悪く、毒りんごを持った魔女のおばあさんが来るよとからかうだけで泣いてしまうのである。フランスでは、りんごは丸かじりする。幼稚園の給食でも、りんごが出てきて、そのままかじって食べるそうである。幼稚園から帰り、真音がおやつにりんごをかじっていると、冗談で、「それは、毒りんごかい？」と魔女のおばあさんのように脅かすと、「えっ。違うよ。おやつだよ」と素知らぬ顔をして食べている。本当に、魔女のおばあさんもサンタも信じているのだろうか。それとも、信じているふりをしているのだろうか、3才の子どもの心理は神秘的でわからない。

ある日、真音の要望通り、クリスマスの飾りつけでいっぱいのレイグに真音を迎えに行った。夕方6時を過ぎていたので、あわててベビーカーを押して行くと、園児はみな中庭で遊んでいるのだった。私は、ふと、真音がどのようにして遊んでいるのかを自分の目で確かめたいと思い、講堂の窓から気づかれないように中庭を見渡した。すると、真音は、木製の三輪車に2人乗りをして、後部座席でバランスをとりながら園内を回っているのだった。他に、ボールを蹴っている者、すべり台などの遊具で遊んでいる者、絵の具で何かを熱心に描いている者など、種々雑多で、それぞれが気の赴くまま遊んでいるのだった。2人乗りの三輪車が、壁にぶつかり、動かないので、真音がこちらを振り返った。私の姿に気づき、そのまま三輪車に乗ってい る女の子を置き去りにして駆け寄ってきた。その女の子は、真音が帰るのが寂しいようで真音を止めるために大きな声を出したが、後ろを振り返りもせず、一目散に飛んで来た。他の子ども達に配慮する余裕はまだないようである。それでも私は、我が娘がしばらく見ないうちにフランスの子ども達に混じって遊んでいるのを見届けて、思いもよらない小さな感動で、目頭が熱くなっているのだった。

それから、翌月の給食代を一緒に支払いに行き、教室に上着と鞄を取りに行くと、教室のドアには、クラス全員の写真が貼ってあり、MAINという名前が書かれていた。「トマは、この子で、シャイマンはこの子、マエは、えーと、この子」と説明してくれる。トイレも、自分でずぼんを脱いで、小さな便器に腰かけ、上手に水を流してみせる。3ヶ月で、大きな成長を

していた。それに、どの先生にもマインと呼ばれ、他の子ども達から「マイン、バイバイ」と声をかけられている。この子は、私の知らないところでは、片言のフランス語を話しているのだろうかとうれしい想像をする。

そして最後に、親が子どもを受け取ったというサインをし、その時間を記入すると、「オブア、ボンニュイ（さようなら）」と言い、真音をベビーカーに乗せる。受付の先生が、「メイン、オブア」と声をかけるが、うつむいてしまう。いつの日か、堂々とフランス語で挨拶する真音をみたいものだ。

ベビーカーに乗ると、アパルトマンに帰って、おやつを食べることができるので上機嫌である。

「パパ、クリスマスのおもちゃ、決めたよ」

「何？」

「お馬さんのお着換え」

「馬が服を着るの？」

「そうよ。髪の毛を梳いてあげるんよ」

「お馬さんに髪の毛があるの？」

「長い、きれいな髪の毛があるんよ」

想像もつかないおもちゃのお願いに、サンタさんは困惑した。いったい、どこで見たのだろう。幼稚園のおもちゃ箱に同じものがあるのだろうか。それとも、いつも見ている幼児番組のCMで流れたのだろうか。いずれにせよ、「お馬さんのお着換え」でないといけないらしい。

サンタさんが夜な夜なインターネットで調べていると、それはイギリスのおもちゃであることがわかった。お馬さんというのは、子どもに人気で、リトル・ポニーという、リカちゃん人形のようなシリーズがあるそうである。テレビで、おもちゃのお馬さんが舞台で回転するのを見ていたのだろう。

サンタさんは、トゥールルーズの大きなおもちゃ屋さんを何軒か梯子したが、それらしきもの

レイグ幼稚園の真音の教室のドアに貼ってあるクラス全員の写真

を見つけることはできなかった。「お馬さんのお着換え」とはマイリトルポニーのことで、英語であり、フランスのおもちゃではなかった。

フランスの地方に住んでいると、イギリス、ロンドンという響きは明らかに都会である。それに対して、トゥールーズは、フランスの大都市の一つであるが、南西部の、穏やかな、地方都市にすぎない。ロンドンは、北九州からみた大阪や東京とよく似ている。フランスの朝の幼児番組ドーラちゃんは、あの手、この手で英語を教えている。フランスも英語教育に一苦労というところである。

トゥールーズのおもちゃ屋さんでは、お馬さんを見かけないので、手に入れる安易な方法として、インターネットで取り寄せるか、妻の幼稚園時代からの親友で、ロンドンに在住しているぶり山さんに頼むか、ということを考えていた。ぶり山さんというのは、イギリスに長く住んでいる人で、ロンドンにある日本企業に勤めた後、イギリス式のマッサージ師の資格をとり、現在はロンドンのマンダリンホテルに勤務している人である。もちろん、ぶり山さんというのは愛称である。そこで、奥さん孝行も兼ねて、私達3人はロンドンに行くことにした。私も、かねてより、1度、イギリスの空気を吸ってみたいと思っていたからでもある。ただ、トゥールーズからロンドンへ行くには、飛行機で飛ぶのが便利であるが、飛行機運賃が相当高い。普通に支払えば、日本から大人3名がアメリカやハワイに旅行する位の金額になる。電車であれば、幼児の料金はかからないので、その分、安くあげることもできるが、子連れには時間がかかりすぎる。飛行機だと大人とほぼ同じ料金がかかる。それで、日本ではあまり知られていないイージー・ジェット（easy Jet）のサイトで格安の飛行機便を見つけたという次第である。イージー・ジェットは、イギリスに本拠地を置く格安料金の航空会社で、トゥールーズと、ロンドン・ガトウィック空港の他、主だった都市には就航路線がある。飛行機の機体にeasy Jetというオレンジ色の大きな文字が描かれているのが特徴である。機内サービスは有料で、ビジネスマンが多く利用している。難点は、便数が少なく、時間の選択ができないところである。驚くほど、激安の料金を発見したとしても、朝の5時には搭乗であるとか、到着時刻が夜の10時であったりする。子連れで旅行する場合には、リスクと料金を天秤にかけるような時間設定、料金設定である。それでも、こまめにチェックしていくと、妥協できる飛行機便を見つけることができたのである。

イギリスは12月に入ると、夕方の4時頃には真っ暗になる。子連れでパブを楽しむのも憚られるので、行動範囲が限定されるということであった。成程、ガトウィック空港に午後4時に到着しても、それから列車でロンドンに出ると、着いた頃には、真っ暗だというわけである。

また、その日は、少々、風邪気味であった。そのせいか、飛行中、耳が、がしゃがしゃという複雑な音とともに、完全に詰まってしまい、あくびをしても、背伸びをしても、何をしても空気が抜けず、耳が聞こえなくなってしまった。青ざめた。「なんなの、それ位のことで」と妻にあきれられても、私は、そのことでひどく落ち込み、サンタ気分は失せていた。それに対して、真音は、プーさんのいる国だということで、張り切っている。「鼻をつまんで、鼓膜が破れそうだけど、パンというまで空気を出すのよ」と妻が言うので、試してみるが上手くいかない。どうしても抜けないで困っていると、真音が、オウル（長老のふくろう）のように「パパは、はちみつを食べすぎて、詰まっておる」と言うのだった。

真音が、「セミの家」と命名したトゥールーズの寮に入ってからプーさんの音楽がBGM代わりに常に流れていた。世界中の子ども達が夢中になるディズニーであるが、特にプーさんの曲は、ヨーロッパのゆったりとした、優雅な自然を照らすような雰囲気を醸し出していた。「それでも、抜けない時は、耳鼻科へ行って、鼻から細い管を入れて空気を通すのよ」と我が家のラビットがいうので、耳鼻科に行こうと決意した時、最後に力いっぱいりきむと、パーンという音がして、空気が抜けた。耳が正常に戻った。テムズ河の橋の袂で、観光客相手に鳴らすバグパイプの音も、聞きとることができた。目が見える。耳が聞こえる。舌で味を感じることができる。歩くことができる。排便ができる。どれもみな健康であれば、可能なことであるが、そうした有難さは、失わないとなかなか感じるものでもない。私も、大概、天然馬鹿であるが、森の中ですべてのものを吐き出してみるのもよいと思った。真音に聞くと、プーさんのお話の中では、私は、イーヨだそうである。イーヨでいいよである。

イーヨは、前々から、イギリスのメシはうまくないと聞いている。フランスのお店の中にもひどいものがあるが、たいていは、おいしい。イギリスのメシがどれ程うまくないのか、話の種に経験したいと思っていた。その日の夜、イタリアンの店に入り、食した。パスタとリゾット。一口食べても、それ程まずいとは思えない。店構えもよく、フランスの程よいビストロと同じである。しかし、食べれば食べる程、辛くなってくるのである。舌が狂ったのか、味がしない。塩や胡椒を入れて何とかと思うが、期待するような味とは程遠い。トゥールーズの「日の出」の米とよく似ていると思った。ふりかけや、何かと手を入れれば、食べることはできるが、食べ続けるのは厳しい。

翌日、ぶり山さんは、仕事の関係上、あまり時間がとれないということで、早速、ハロッズに行き、お目当ての「おもちゃのお馬さん」を買い求め、評判の良い中華街と日本食の店を案内してもらうことになった。マイリトルポニーは、山のように積まれていた。真音に気づかれないように買ってくると、ベビーカーから顔を出して、「その大きな箱は何?」と聞く。「洋服をたくさん、買ったんだよ」と見栄とも嘘ともつかない嘘をついておく。

ロンドン名物のタクシーやバスは楽しい。タクシーは、ベビーカーがそのまま入るサイズであったり、バスに乗れば、座席の上の方に洗濯に使う紐のようなものが吊るされていて、降りるときにはそれを引っ張るのである。クラシックである。

＊　＊

トゥールーズのクリスマスは、キラキラがいっぱいで、夢の国のようです。ママと、キャピトルの広場に行くと、お店がたくさん並んでいるのです。プーさんの大好きなはちみつのお店や、おもしろいお人形を売っている店、日本でフランス語のジャンさんに教えてもらった、色とりどりのプロバンス風サントン人形(Les santons de Provence)のお店、湯気が立ち込める温かいワインのお店など、数えきれません。真音は、おもしろい顔をして笑わせてくれるおじさんから風船をもらいました。そして、何よりも楽しそうに見えたのは、スケートでした。お兄さんや、お姉さんが思い思いにスイスイ滑っています。絵本の中で、ミッキーがミニーと一緒に滑っているのと同じです。目が白黒しました。「スケートをしたい」と言いましたが、ママは

トゥールーズ市庁舎の広場。クリスマスになると、突如、スケートリンクになる

した。

「大きくなったらね」と言います。しばらく、ベビーカーの中からスケートの様子を見ていま

ベビーカーと言えば、日本のベビーカーが壊れてしまったので、この間、電車に乗って、フランスのスーパーに新しいベビーカーを買いに行きました。それはそれは、とても大きなスーパーで、まいんは買い物用のベビーカーに乗り換え、車を運転するのが楽しかったです。しかし、ママは、「今日は、大きな買い物に来たからダメよ」と言い、乗せてくれません。まいんは、チョコレートのアイスクリームを食べて、フランスの車に乗りたかったのです。暴れました。相当、暴れました。それで、「置いていくよ」と言われても、まいんは、どうしても諦め

トゥールーズ市庁舎前のクリスマス市場。子ども達に大人気の大道芸人のおじさん

ることなんてできないのです。しくしく、車のハンドルを握って泣いていると、フランス人のおばさんが、フランス語で、「今日はおしまいだから、我慢しなさいよ。パパやママを困らせて我がままはダメよ」とか、なんとかそのようなことを言いに来ます。それで、仕方なく、パパやママについて買い物に行きました。そうすると、今度は、あちこちにおもちゃがたくさんあるではないですか。おもちゃのところへ走っていくと、パパが、「おもちゃは、いい子にしてたらお馬さんのお着換えがもらえるよ。おもちゃばかり欲しがっていたらピノキオのようにロバにされてしまうぞ」と言って、逃げて行くので、今度は「いやだあ。ピノキオいやだあ」とパパを追いかけます。やっと見つけると、べ

ビーカーを出して、「さあ、真音、乗って。どれがいいか、選びなさい」と、ひょいとつかんで、乗せるのです。どれでもいいのですが、適当に、うんうんと言っていると、これでいいよと、安物のベビーカーを買ってしまいました。ママは、「もう、赤ちゃんじゃないのに、ちゃんと歩きなさい」と叱ります。パパは、「なんだ、こんなに安いベビーカーがあるとはなあ」と笑っています。ベビーカーと言っても、後ろの方から長いネギが飛び出してきたり、バゲットが耳の辺りでいつも揺れたりしているので、荷車です。だから、お腹が空いたらバゲットに噛みついて帰るのです。「こら、真音、パンが半分になってるじゃないか。食べるんじゃないよ。みんなで食べるんだよ」と、たびたび叱られるのです。そういう場合は、まいんは、飴でも買ってもらわないと、腹がもたないのです。

そういう具合で、キャピトルの広場には、新しいベビーカーで遊びに行ったのです。

＊　＊

クリスマスを迎える頃には、次第に、フランスの生活らしきものが定着しつつあった。このアパルトマンには、若者も住んではいるが、リタイアした老人が多い。私達と同じ3階のフロアーには、１人暮らしと思われる、わりかしふくよかな老婦人（マダム・フォナルム）、その横には、きゃしゃで、がんを患い、少々、神経質な感じのする、老貴婦人（マダム・ポレ）が住んでいた。ふくよかな老婦人ときゃしゃな老貴婦人は、対極的であったが、常に、談笑していた。マダム・フォナルムは、明るく、騒がしく、大仰に、しゃべるが、マダム・ポレは、ゆっくりと、ゆっくりと、モノを見据えたように話す。私と妻では好みの違いはあったが、どちらも大変、親切であった。特に、マダム・フォナルムは、孫のような真音を見ると、大変うれしいらしく、自分の孫のように真音の顎をこちょこちょして、「マインちゃん、元気？　幼稚園は楽しんで行ってるの？　なんてかわいいんでしょう」と大騒ぎするのが常である。真音は、飴玉やクッキーをもらっても「いやだ」と、ベビーカーの中に顔を埋めるか、部屋の中に隠れてしまう。

静かな時間が流れていた。住まいは鉄道沿線にあるとはいうものの、たまにしか通過しないため、列車の音さえ、静かであるように感じられた。それは、単に、旅行者の感傷的な気分でもなく、次第に落ち着いてきた生活者の実感であるように思われた。

私達は、まるでフランス人になったかのように、スーパーで、野菜を買い、カモを買い、コンテ（チーズ）を買い、ワインを買った。そして、トゥールーズのケーキ屋さんで、やっとの思いで、ロックフォールを模したようなしゃれたケーキを買った。私は、ケーキの前で手をパ

私達が住んでいたルイ・ヴィテのアパルトマンの踊り場。
隣にマダム・ポレ、向かいにマダム・フォナルムが住んでいた

チパチ叩く真音を見て、もし、この留学に、1人で来ていたとすると、どのようになっていたか想像していた。おそらく、窓には新聞紙さえ張らず、電気もガスもなければ、キャンプ用のガスで暖をとり、バゲットとハムを食べながらテレビでも見ていたことだろう。それはそれでよいのかもしれないが。

兎も角も、私達は、様々な人達の協力と斬新なアイデアで、ひきこもりになることはなく、フランスの生活を楽しむことができた。真音はと言えば、ぶり山さんからもらったぬいぐるみや、アルモン・レイグ（幼稚園）でもらった積み木、クラスのみんなの自己紹介や写真集、私のいない間に自分で勝手にパソコンで印刷した一連のディズニーのぬり絵などに囲まれていた。

真音は、フランス語を聞きとることも、話すこともできないまま、見よう見まねで、一生懸命、遊んでいる。その姿は微笑ましくもあり、イエス・キリストのように痛々しくもあるのだった。2才から3才になると、友達と遊ぶことが楽しくて仕方がないはずだ。アルモン・レイグで、友達の輪の中で、借りてきた猫のように座っていたり、半年が過ぎても、フランス人に拒絶反応を示す真音というのもまた事実であった。3才を過ぎると、たいていのことは日本語で話すことができるのである。そうすると、少なくとも、3年は、フランスで生活し、言葉を見聞きしなければ、言語の土台ができないことになる。

＊　＊

朝、目を覚ますと、大きな箱が置いてありました。急いで、紙をはがすと、お馬さんのお着換えのおもちゃの絵が描いてあります。いつものように、まだ寝ているパパやママを起こしに行くと、2人とも気づいたようです。それから、ロンドンで見たようなプーさんのぬいぐるみまで置いてあります。サンタさんが、運んできた（?）おかしなことです。ロンドンのどこかのお店でプーさんやピグレットのぬいぐるみをたくさん見ました。その時、プーさんはまいんのもので、ピグレットはパパにあげると言いました。どうして、プーさんのぬいぐるみだけがあるのでしょうか。それは、おそらく、サンタさんは、大人にはおもちゃを持ってこないからです。

カーテンを開けると、青空でした。私は、バーバパパのＤＶＤを見ながら、パパが「お馬さんのお着換え」に電池を入れるのを見ていました。お馬さんの髪の毛はきれいなのです。ブラシで梳いて、舞台に載せると、くるくる回転するのです。ママは、お馬さんのお部屋に、バーバパパのフィギュアを載せて遊んでいます。

今日は、クリスマスです。ママと近くのスーパーに行くので、ベビーカーに乗ると、トントンとドアをノックする音が聞こえました。前のおばあちゃんでした。また、クックッーと言って、子ども用のクリスマスのお菓子を持ってきたのです。まいんは、このおばあちゃんは苦手です。飛び出してくるような大きな顔と、意味のわからないフランス語を浴びせるからです。ママは、私に、「メルシーと言いなさい」と言うけれど、怖いものは仕方がありません。

パパが、フランスはお菓子の国だと言っていたのも、嘘ではありませんでした。おいしいものばかりではありませんが、いろいろなお菓子があふれています。

第13章　お菓子とショコラ

バイヨンヌ

✤お正月

クリスマスが過ぎると、お正月。フランスは、特に、お正月という改まった行事はなく、そのままクリスマスが続いていくような様子である。真音の学校も、12月20日から1月4日までがクリスマス休暇で、冬季休暇は、2月の7日から2週間もある。真音を預けるところがないと、交互に真音の面倒をみるか、もしくは、3人で一緒にいることになる。

年が替わって、自省してみると、帰国も間近に迫ってきたというのに、トゥールーズの名所や観光地にはほとんど行っていないことに気づいた。もっとも、トゥールーズの由緒あるお金持ちの侯爵や伯爵がかき集めた調度品や絵画を見ても、目を離すとどこへ行くかわからない3才児を連れているので、鑑賞するという境地まで達しない。オーギュスタン美術館などを義務であるかのように見て回るが、非常に寒い。1月の初頭であると、マイナス1度か2度位にはなる。それにもかかわらず、フランス人は、カフェの外でお茶を飲んでいたりする。

誰それの有名な画家が描いた絵も見る価値はあるのかもしれないが、毎日のように画用紙に絵を描いている小さな画家は、数えきれない程の作品を残した。フランスに来た頃は、目を二つ描いて、大きく丸で囲み、それをパパだ、ママだと言って持ってきた。その頃は、線を引いたり、丸を描いたりする程度である。まだ形を成してはいなかった。

幼稚園に行き、たくさんの画材道具に恵まれると、担任の先生に導かれながら、貼り絵や、ぬり絵、様々なものをデッサンした。入園当初は、画用紙の隅に、小さな顔をいくつも描いて、徐々に、奇妙な楕円や線を交錯させていくという、不気味な絵ばかりを描いていた。白雪姫のぬり絵も、赤のボールペンで塗りつぶされている。余程、大きな言語ショック、文化ショックを受けたに違いない。幾日かは、笑顔で登園することもあったが、日本にいる時から恐れていたように泣き叫んで、登園を頑なに拒否することもあった。「靴下を履きたくない、洋服が気に入らない」などとぐずぐず言い始めるとまず連れて行くことはできない。

そうした時は、たいてい、発熱していたりする。3才位の子どもでは我がままか、体の調子が悪いのか、判別はつきにくい。何度も、修羅場を乗り越え、年度も越えると、真音は、たくましく成長していた。画用紙に描く絵も、単に丸を描いたにすぎない顔が、笑っていたり、画用紙の真ん中に大きく描くように変化してきた。ある日、レイグに迎えに行くと、幼稚園の施設の中を管理人さんのように説明してくれるまでになっていた。フランス人の子どもは、たいてい開放的で、社交的であるので、何度も、それを見ているうちに閉ざされた心も中和してきたのだろう。特に、給食が大好きで、詳しくメニューを教えてくれるのである。ここ、フランスの公立幼稚園は、1年間の出資金として20ユーロを支払う以外は、無料で、給食費さえ支払えばよい。給食費は、1日当たり3ユーロ程度である。

もちろん、家が近い園児は昼食を自宅で食べることもできる。自由である。フランスには、こうした幼稚園が至るところにあるので、賞賛以外の何物でもない。日本は、たいてい私立の幼稚園が幅を利かせていて、ポケモンバス、トーマス機関車のバスで送迎、アンパンマンなどの着ぐるみのオンパレードで、商業主義丸出しである。フランスの幼稚園には、そうした余計なものは一切ない。子どもは、絵を描いたり、おもちゃで遊んだり、すべり台をしたりするだけで充分だからである。従って、幼稚園から父兄への要望も、必要最低限度のものにすぎない。

妻の日仏幼稚園の比較によると、次のような相違を聞かされる。とにかく、日本の私立幼稚園は保護者の雑事が多いそうである。例えば、幼児に水筒をたすきがけにして、おしんのように重たい荷物をもたせ、毎年、学年ごとに色違いの帽子を買い与える。色鉛筆に1本1本、名前を書かなくてはならない。一事が万事、日本の幼稚園はそのような方針であるところが多く、幼稚園に預けることでさらに雑事が増えて、自分の仕事ができなくなったり、その雑事のために肝心の子どもと語り合う時間が制限されてしまうのである。フランスの幼稚園では、そうし

ジャルダン・デ・プラント。トゥールーズで一番大きな植物園。
この日は、遊園地に早変わりしていて、お店などがひしめきあっている

た雑事は一切ないのである。親は、仕事に専念できるし、子どもと充分に向き合うこともできるのである。フランスの眼から見ると、子どもによかれと思っていることを、日本の場合は、もう一度、見直す必要がある。

日本の市場万能主義による大げさな過当競争は、明らかに子どもの心をむしばんでいる。日本の高度な科学技術にせよ、過当競争を勝ち抜いてきた結果の産物であるかもしれないが、必要なところに、必要なものを提供し、必要のないものは、提供しないという、ごくあたり前のことが歪んできては元も子もない。日本の場合、都市によっては、公立の幼稚園・保育所がほとんどないところもある。幼児教育の重要性という点からは、しかるべき

教育理念に基づいて環境が整備されねばならない。

　ところで、美術館や博物館は人生の余裕の代物であるが、何といってもトゥールーズの第一の名所は、植物園とその公園、ジャルダン・デ・プラントだろう。私達が住んでいるアパルトマンから徒歩、10分位のところにある。この公園は、幼稚園の子ども達もバスを連ねて来る位、大きな公園である。その名の通り、植物園の中にいるのかと錯覚する程、植物が多い。カモやアヒルがたくさん泳いでいる池や、ポニーの乗馬があったりする。日本にもこうした場所はいくつかあるが、色彩がまったく異なる。一面の芝生に、柔らかで、明るい緑色の木々が風で揺れている。その小さな一角に、孔雀がいて、徐々に、家族を増やしていくのを見るのが、一つの楽しみであった。運が良いと、羽を大きく広げて、「オッー、オッー」と鳴いているのだ。恐竜の博物館も併設されており、その建物の屋根に1羽の雄の孔雀と、その庭で餌を探している雌の孔雀がいた。雄の孔雀が、時折、見事な羽を広げてくれるのである。正月を過ぎると、子どもの孔雀は3羽ほど庭を歩いていた。ある日、その通りを歩いていたマダムが、私と真音を見つけ、「ほら、あの孔雀の羽を見てごらん」と、頼んでもいないのに、ベビーカーの片方を持って、孔雀を見せようと、茂みに入って行く。「オッー、オッー」という孔雀の大きな鳴き声。今度は、突然の出来事に驚いて、真音がベビーカーから逃げ出すという一幕もあった。

幼稚園で２人目のナタリー先生

また、この公園は、秋になれば、たちまちのうちに巨大な遊園地に早変わりして、ジェットコースターのごとく、数えきれない程の乗り物が運び込まれたりする。まさにフランス人のマジックである。真音は、風船釣りのようなゲームで、ここでもまた、小さなお馬さんをもらった。日曜のマルシェといい、公園の遊園地の早変わり、キャピトル広場のクリスマス市場（マルシェ・ド・ノエル）といい、その仕事の早さは驚きである。

私にとって、年度の替わりは、帰国を意味するので、率直なところ、うれしいものではなかった。1年も使用していない家具を売り払い、自慢のカーテンを外し、電気、ガス、電話、銀行口座を解約し、飛行機の帰国便を予約しなくてはならない。真音は、3月28日が誕生日である。アルモン・レイグ（幼稚園）では、毎月、お誕生会をしている。ケーキにロウソクを立て、お祝いをされる子ども達の写真集まで作られている。この行事は、日本の幼稚園でも大概行われていて、子ども達が主役になれる日である。真音は、日本を出国した時は、3月の上旬であったので、日本でも誕生会をしてもらえず、フランスでも誕生会をしてもらえず、帰国するということになりそうであったので、できる限り、フランスの幼稚園で誕生会をさせてやりたいと考えていた。

年の初めより、アニエス先生の代わりに、若いナタリー先生が真音のクラスを受け持つこととなったが、幼稚園の先生や職員の方は随分、大事にしてくれていたので、真音の様子にはほとんど変化がなく、順調であった。それだけに、この生活に終止符を打つのは残念であった。幼稚園の中で、「メイン！　メイン！」と呼ぶ声がする。

✤お菓子の国、バイヨンヌ

チョコレートは、16世紀、コロンブスがアメリカ南大陸からスペインに持ち帰ったものらしい。もっとも、コロンブス自身は、カカオ豆には関心を示さず、スペイン将軍コルテスが国王

ショコラ・ムスー。カズナーブというお店の有名なショコラ

カルロスに献上したことに始まるとのことである。アメリカ中南米地域にすでに存在したというので、その起源はさらに遡り、紀元前のマヤ文明、アステカ文明の時代から飲まれていたということになる。貨幣としても使用されたというのであるから貴重な代物であったに違いない。

スペインからミディ・ピレネーを越えると、フランスでは、南西部のバイヨンヌが最も近い。大西洋側のスペインとフランスの国境、バイヨンヌ辺りは、バスク地方と呼ばれ、バスク文化が育ち、バスク語が話されていた。スペインのサン・セバスチャンとほぼ並んでいるので、スペインともフランスとも区別がつかない場所である。バイヨンヌとは、バスク語で「川」を意味するらしい。従って、チョコレートは、17世紀の前半、スペインからバイヨンヌに伝来し、広まったとされている。ちょうど、日本では、戦国の安土・桃山時代から江戸時代にいたる頃である。

　チョコレートという言葉を聞くと、お菓子を想像する。しかし、チョコレートとは、もともと飲み物であって、現在のように、食べるチョコレートを発案したのはイギリス人だということである。フランスでは、ショコラ・ショー（ホット・チョコレート）と、食べるチョコレートの両方があるが、どちらも、ショコラ（チョコレート）である。真音は、フランスに来てから、ショコラ・ショーが大好きになった。大きなカップにショコラがたくさん入っていて、真音が飲み干すと、口の周りに円ができ、漫画のどろぼうさんの顔になる。ショコラ・ショーは、日本のカフェでは飲めない。ココアに似ているが、ココアではない。

　私達は、ミディ・ピレネーを巡る最後の都市、お菓子の国、バイヨンヌに一泊する予定でやってきた。2月の初頭、雨も降り、風も強かったが、お菓子の国に行くという真音との最後の約束を果たしに来た。真音は、フランスのショコラ・ショーを飲んでから、チョコレートばかりを食べる。日本には、甘いものとしては、あずきのあんこもあるので、チョコレートばかりに偏ることはないが、こちらでは、カカオに砂糖とミルクを入れたチョコレートしかないので、自然と、それだけに傾く。どこのスーパーでも、カカオの量を調整した、苦いチョコレートから甘いチョコレートまで多種多様に並ぶ。そうしたフランスのチョコレート文化の発祥の地がバイヨンヌである。ニーヴ川とアドゥール川の合流地点に位置するが、目立っているのは、そうした川と高くそびえる大バイヨンヌのサント＝マリー大聖堂である。バイヨンヌの駅を降りて、ベビーカーに真音を乗せ、雨風を防ぐビニールをかぶせて、ひたすら大聖堂に向かって歩いて行くと、その途中に創業1854年というカズナーブ（Cazenave）というカフェがある。そこで、名物のショコラ・ムスー（chocolat mousseux）を注文する。ショコラ・ムスーとは、ショコラ・ショーの上が泡立っているだけで、それを除けば、ショコラ・ショーとほぼ変わりがない。真音は、子どもの椅子を店員のおばさんに用意してもらい、ミニエプロンをつけてもらって準備する。またまた、クックゥーと、あやされるが、ここでもシャイな真音は、顔を伏せてしまう。あまりにも、お店に入ると、ショコラ・ショーを飲むのが様になりすぎているので、のんべいのおじさんが鼻を赤くして味見をしているようでもある。

「真音、ここは、お菓子の国だよ。泡のチョコーレートははじめて見ただろ？」

「絵本のお菓子の国とは違うよ」

「お菓子の生まれた国だね」

「お菓子が生まれるの？」

「真音が、どこから飛んできたのか、わからないように、ここで、チョコレートが生まれたんだ」

「まいん、チョコレートが大好き」

バイヨンヌの街は、至るところに、チョコレートショップが点在する。絵本のお菓子の国のようにはいかないが、ベレー帽の形をしたチョコレートや、大小、様々な形をしたチョコレートがウィンドウに並んでいる。また、この日は、天候も悪く、観光客も閑散としていた。カズナーブで飲んでいる者も、2組程である。

私は、ショコラ・ムスーの泡をスプーンですくいながら飲んでいる、あるいは、食べている真音を見て、フランスに来た当初を思い返していた。こうしてカフェに入り、暖をとり、これからの留学生活に対して途方に暮れていた。それが、今や、留学生活がまるで泡のように消えてなくなりそうになっている。まるで鴨長明の晩年のような面持ちで、バイヨンヌの小道を歩いていた。ショコラ・ムスーのうたかたとて同様である。

「それは、おいしい？」

「これ？　シャボン玉みたいで、やだ」

「おいしいだろ？」

「泡は、いやだけど、下の方は甘いよ」

子どもは甘いものには目がない。甘いものさえあればよい。子どもは、ショコラ・ショーを飲む一瞬、手放しでそれを喜び、至福の笑顔を見せてくれる。うたかたはいずれすべて消えてなくなるが、一瞬の笑顔は、永遠だ。大人が忘れてしまった一瞬の笑顔は、神の贈り物のようでもある。大人がチョコレートを飲んでいる様は、たいして絵にならないが、2、3才の幼児が、ショコラ・ショーを飲んでいるところは、さながら絵そのものである。

✤子どもの笑顔

生まれたばかりの赤ん坊や幼児の笑顔は純粋無垢である。神の微笑みにも似ている。しかし、そのように見えるというのも、私達が「近代家族」の一員を成して、子どもに対する愛情を他に代え難いものであると思っているからでもある。フィリップ・アリエス（Philipe Ariès）によれば、中世のフランスでは、長らく子どもは小さな「大人」として扱われており、子どもという概念がなかったということである。まるで、日本のおしんのように、7才も過ぎれば、徒弟奉公に出され、私達が、通常、抱いている感情を持つことはほとんどなかった。子どもという概念が現れたのは、あくまでも、金銭的な余裕を土台にして、徒弟奉公に出す代わりに、「学校」へ通わせ、大人というヒトに成長するまでは、親元で育てるという社会的環境が整ってきてからのことである。

そうした意味でも、フランス18世紀は、「子ども」の誕生の時代でもあった。宮廷画家、フランソワ・ブーシェ（1703−70）の絵に、「朝食（Le Déjeuner）」という作品があり、そこには、18世紀の家庭の団欒が描かれている。その絵を見ると、こんなことがわかる。左側のブーシェの妹と思われる女性が、娘に、スプーンでショコラ・ショー（ホット・チョコレート）を飲ませている。2、3才であろうか。テーブルに足も届かないので、膝に載せて、スプーンで冷まして、ショコラを飲ませる。右側は、ブーシェの奥さんらしい。その視線は、その娘、3、4才であろうか、暖かいまなざしが向けられている。自分もショコラが飲みたいと言っているのだろう。その娘が手をついている椅子の上には、お馬さんの人形があり、足元には、リカちゃん人形のようなフランス人形が置かれている。給仕も、ママも、「今、おいしい泡のショコラを入れてあげるからね」と、言っているようである。給仕が手にしているショコラティエール（チョコレート用ポット）は、ちょうどこの絵の中心にある。この絵は、朝食と訳すべきか、昼食と訳すべきか、一家団欒の風景であるが、時間は特定できない。時計の針が、朝の8時を指しているように見えたり、お昼の2時を指しているように見えたりする。

つまり、ブーシェは、このように、18世紀の長閑な家庭の団欒として「子ども」を描いているということになる。そのことを、おかっぱ頭の真音に当てはめると、アルモン・レイグという「学校」があることにより、真音は、子どもの世界を存分に楽しみ、両親の愛情と庇護のもとで、神のような笑顔を放っていることになる。

フランソワ・ブーシェ（François Boucher）の「朝食（Le Déjeuner）」（1739年）

それもそのはず、神のような笑顔に見えるのも、私達の家族の中のことでしかない。他者は、子ども好きであっても、まさか、真音の笑顔が、神のような笑顔に見えることはないだろう。単に、ショコラ・ショーを飲んでいても、小さな大人が背伸びをしているに過ぎないのである。従って、真音にしてみても、私達の

「家族」の中で成長していく姿だけを見せているのではない。真音も、小さな大人として成長している。「他者」との関わりの中で、大人が抱く不安や恐れ、負の要素を克服していかなくてはならない。早くもそうした試練に晒されている。もっとも、3才という年齢は、49才の私にしてみれば、小さな大人でもなく、子どもでもなく、18世紀の画家風に言うと、人間という代物でもなく、ただただ、大人達を翻弄させる妖精のようである。

＊　＊

この日は、雨と風が強いので、大変でした。傘を差しても、風で飛ばされます。パパは、「ここは、豚の生ハムが有名なところだから生ハムを食べないといけない」と言うので、スーパーを探してあちこち回ります。結局、見つけても、その日は閉店で生ハムを見ることもできませんでした。駅で買ってもらったお菓子を食べて、ついていきましたが、その日は、雨でことごとく、お店が閉まっているのでした。夜は、仕方なく、川沿いのレストランに入りましたが、暖房で、暖かいので、そのまま眠ってしまいました。

翌日、ホテルの朝ごはんがおいしかったです。ごはんを終えると、ホテルを出ましたが、風と雨が強いので、トゥールーズへ早めに帰ろうということになり、そのままバイヨンヌの駅に行きました。人がいっぱい、いました。パパは電光掲示板を見ています。駅の係の人が何か、大きな声で言っています。何か大変なことが起きたようです。2人とも困っています。パパは青い顔でうろうろしているばかりです。「お菓子買って！」とママに言うと、険しい顔で「めっ！」と怒られました。

＊　＊

突然の台風で木が倒れ、道路が隆起している

バイヨンヌは、集中豪雨で、列車はすべてストップしてしまった。ボルドー方面に行く人には、バスを用意しているので、乗って下さいとのことである。私は、お菓子、お菓子と言って、騒いでいる真音を横目で見ながら、どうすることもできなかった。トゥールーズ行きのバスは、明後日しか出ないとのことである。ボルドーからトゥールーズ行きに乗り換え、あるいは、ボルドーからパリに出てトゥールーズに帰ること

を考えたが、時とともに強くなる嵐は尋常ではないように思えてきた。私達は足止めになってしまった。そこで、元のホテル（Hotel Loustau）に戻り、電車もしくは、トゥールーズ行きのバスが動くまで、宿泊することにした。台風であった。テレビでは、スペイン郊外や、南フランスの各地に大きな被害が出ていることが報道されていた。この台風は、10年に1度の災害だということであった。アドゥール川は、増水し、今にも橋や土手が、決壊しそうな様子である。大量の泥水が、押し流され、宿泊している川沿いのホテルまで流されそうな感じである。雷雨と暴風雨、雷の音に驚いて、真音は泣き出す。建物自体も、時折、揺れる。いつまでも、ホテルの窓枠がカタカタ鳴り、いつ外れてもおかしくないような勢いであった。台風の真っただ中に、お菓子の国に来てしまったのである。

翌日、嵐は、通り過ぎていた。建物の瓦も飛んでしまい、大きな大木がなぎ倒され、根っこだけが残っている。嵐の残骸は所々に見られた。嵐のバイヨンヌであった。

再び、バイヨンヌの駅に行くと、またしても、復旧工事が進まず、鉄道もバスも動いていなかった。特に、バイヨンヌからトゥールーズにかけての路線が全面ストップとなった。途中の区間で、土砂災害が起こり、通過不能になったのである。明日、ようやく、トゥールーズ行きのバスが出るとのことであった。駅の窓口で、遅延証明書を発行してもらい、再び、ホテルに戻ることとなった。真音は、駅に行けば、必ず、「お菓子！」「おもちゃ！」を連呼する。後で、お店で買うよと言っても、3才の娘にはわからないらしい。目の前で、コインを入れると、ポトンと落ちる自動販売機で買いたいのだ。

✤子どもの時間

子どもの叱り方ほど難しいものはない。子どもは上手く自分の感情をコントロールできないので、ところかまわず、ぐずったり、暴れたり、執拗におねだりをしたりする。フランスの某デパートの時計売り場で、妻の買い物が終わるのを真音と一緒に待っていた時のことである。子どもの泣き声がした。「パパ。子どもが泣いてるよ」と、ベビーカーの中から顔を出す。見ると、どうやらお父さんが、子どもに時計を買っている最中である。お兄ちゃんには時計を買っているが、弟の方は、5、6才で、まだ小さいという理由で買ってもらえない。それで、弟が奇声を発しているという状況らしい。私も真音もその声の大きさに目を白黒させていると、次第に、お父さんが子どもを叱る声も大きくなり、時計売り場が尋常ではない様子になってきた。弟の方は、叱られれば叱られる程、余計に、大きな声で泣きわめき、収集がつかない様子である。子どもは、どうしても時計が欲しいらしい。欲しいものは欲しいという子どもの本音である。真音は、「子どもがずっと泣いてるよ」と、私の顔を見る。私は、「ああ、真音も、お菓子が欲しいって、だだをこねるだろ。パパに叱られているんだよ」と説明するが、ますます時計売り場は戦場と化し、子どもの奇声はデパートの館内隅々まで響き渡る。警備員でも来そうな雰囲気になってきた。お兄ちゃんは時計を買ってもらえるのに、自分だけ買ってもらえないのは納得がいかないらしい。ママはいない様子である。と、その時、40代、子育ての経験もあると思われる時計売り場の女性が、業を煮やして、子どもを抱きしめ、静かに、ゆっくり事情を説明した。そうすると、子どもは、とりあえず、泣きやんだ。「そうだ、その通りだ。マダム、あなたはとても素晴らしい」と言って、敗戦処理のお父さんは店を出たのである。

私は、虚脱感でいっぱいであった。私も同様だからである。叱るということについては、どうも男性は分が悪い。叱られるという経験は多くても、叱るという経験が少ないからだろう。デパートやスーパーマーケットなどで子どもを叱っているのはたいてい母親であり、母親は叱る職人のようである。そうでないと母親はつとまらない。どのような男性であれ、ご婦人に叱られて、たじたじになるというのは、よく見かける光景である。私も、デパートの食品売り場で、ベビーカーを押していると、相当、険しい顔で、ご婦人に叱られたことがある。真音を見ると、スーパーの紙袋をかぶって遊んでいるのだった。私も、心の中で、「そうだ、その通りだ。マダム、あなたはとても素晴らしい」と言うしかなかった。窒息でもすれば大変である。

幼稚園ないし、学校というところは、規則正しい生活をするところである。毎朝、7時に起きて、顔を洗い、歯を磨き、8時までには登園し、昼になれば、昼食をとり、お昼寝をして、遊んで帰るという繰り返しである。しかし、私は、大学の教員というよりも、研究を業としているので、寝ずに仕事をしていることも多い。時間が、大方、自由ということもあるが、無制限に仕事をしている場合もある。私に限らず、不規則な時間帯で、仕事をせざるを得ない人も多い。そうした時に、幼児を「小さな大人」として扱うならば、大人の基準に合わせることになるので、いわゆる子どもの顔色を見る必要もない。それに対して、幼児を「子ども」という特別な存在として扱い、子どもの教育のために、子どもを学校に預け、規則正しい生活の指導を依頼するとなると、大人（親）の方が、幼稚園に従わなくてはならないことになる。つまり、子連れの留学の場合、子どもの時間に合わせなくてはならないのである。母親にすべてを任せざるをえないこともあるが、一部は、引き受けなければ、男親は総攻撃の対象となる。子どもを、ぐずらせないで登園させるためには、夜の9時には寝かしつけなければならない。そういうわけで、夕方の6時には、娘と風呂に入っていることが多い。そして、おもちゃは、誕生日とクリスマスの時にもらえるということ、お菓子は1日1度ごはんの後に食べること、チョコレートは食べ過ぎないことを「子ども」に教える。

第14章　おかっぱ頭のお姫様

アルモン・レイグ幼稚園での真音の誕生会

✤お姫様になりたくて

インターネットで子連れ留学のサイトを検索していたら、携帯用DVDの再生機がとても役に立ったということで持参したが、真音のお姫様熱は、それによって加速度的に高まってしまったようである。トムとジェリー、不思議議の国のアリス、バーバパパ、プーさんなど、恋愛ものではないDVDも良く見ていたが、白雪姫やサンドリオン（シンデレラ）に対する入れ込みようは生半可なものでないように見えた。居間でくつろいでいると、寝室から「来ぃてえ！」という真音の声がする。何かと思い、見に行くと、真音は布団の中で寝ている。寝ているのかと思い、ドアを閉めておくと、また、「来ぃてえ！」と、さらに大きな声を上げる。それは、白雪姫が、毒りんごを食べさせられて、深い眠りについている状態だそうである。しばらく放っておくと、「パパでも、ママでも、来ぃてえ！」と声をあらげる。

つまり、王子様がお姫様にキスをしなければ、永遠の眠りから覚めないので、キスをして欲しいと言っているのである。

子どもの世界、特に、女の子の世界は、そうしたものである。白雪姫に飽きると、ママのハイヒールを履いて、「見ぃてえ！　ぴったりよ」と、シンデレラ気分でいっぱいである。子ども達は、次から次へと、遊びを考えて、真剣に遊んでいる。お姫様志向は、真音固有のものか、いささか疑問符は残るが、おかっぱ頭のお姫様は、4才の誕生日を迎えるに当たって、留学生活、最後の花を咲かせようと頑張っていた。

この頃になると、フランス人の挨拶ないし愛情表現としてのビズ（頬にキスすること）に見慣れてきたが、いかなるタイミングで、どのような時にするのかという、感覚的なものは、よくわからない。フランスで生活すると、フランス人のおおっぴらな愛情表現にいやおうなしに巻き込まれてしまう。真音にしてみれば、朝の8時から夕方の6時まで小さなフランス社会にどっぷりとつかっているので、「来ぃてえ！」と叫んでも不思議ではない。

アルモン・レイグ（幼稚園）では、子どもの髪は、金髪や栗色、茶色がほとんどで、真音のように黒色で、おかっぱにしている女の子は誰もいないので、集合写真を撮ると、たいてい、目立ってしまう。散髪屋さんには怖がって行きたがらないので、私が頭を持って、妻がハサミで前髪を切るという具合である。真音は、アリエルのようになりたいので後ろ髪は切らないでという。なるほど、後ろ髪がそのまま伸びれば、お姫様カットである。どちらかと言えば、竹取物語のかぐや姫の方が近い。

✤幼稚園最後の日

11ヶ月程住んだルイ・ヴィテ通りのアパルトマンの荷物を売り払い、来た時のように手荷物をスーツケースにまとめて退去した。隣のご婦人達は、最後まで手を振ってくれていた。日本に帰ることを告げると我がことのように悲しみを浮かべ、「元気でね。これからマインの姿が見られなくなるのはさみしいわ」という意味のようなことを言ってくれた。2人のマダムは、まるで、親戚のおばさんのように、フランクに、親切にしてくれた。私達は、3月の下旬から近所にあるウィークリーマンションを帰国日まで借りることにした。そこは再び森の中の家のような感じであった。最後の宿であった。

3月28日の真音の誕生日には、キャピトルに出て、FINACというおもちゃ屋さんで、お姫様のドレスを買った。そして、オキシタンのスーパーで、一番大きないちごのケーキを買った。真音は、私の心とは裏腹に陽気にはしゃいでいた。日本に帰ることを喜んでいるのだろうか。お姫様や、いちごのケーキがうれしいのか。少なくとも、4才になったのである。真音は、フランスで3才と4才の誕生日を迎えた。今年のおひなさまは箪笥の中で埃をかぶっている。

真音の記録は、3才の記録である。3才でなければ、この「おかっぱ頭の幼稚園体験」は成り立たなかっただろう。4才になれば、ベビーカーもいらず、真音は、自分の言葉で何かを語りだすからである。飴だけであやしたり、育てたりすることはできない。始めの一歩を踏み出そうとしている。真音を帰国日まで幼稚園に通わせることができたのは幸いであった。

真音のことは、たいてい、妻に任せっきりであったが、それでも、何度か、夕方6時頃、幼稚園に迎えに行くと、トマと車で遊んでいたり、先生に絵本を読んでもらっていたり、料理のおもちゃで遊んでいたり、中庭で友達と遊んでいたり、様々であったが、それぞれに真音の様子が異なり、頼もしく思えたものである。「真音!」と呼ぶと、一目散に飛び出してくる。教室にリュックやジャンパーを取りに行くと、必ず、昼食の写真を指さして説明してくれる。誰もいない廊下では、はち切れんばかりの元気さで、踊って見せる。「パパ、トイレはここよ」と、子

レイグ幼稚園の小さなトイレ。ひもをひっぱると自分で流すことができる。トイレトレーニングを受けていたとみえて、よく知っていた

レイグ幼稚園の自分の教室の前で

ども用のトイレに連れて行き、使い方を教えてくれる。誰よりも真音は成長していた。そして、小さなリュックには詰め込めない程の思い出をもらった。ここで流れている空気は、いつも長閑で、安心できるやすらぎがあった。

２００９年3月31日、その日は、おそらく真音にとって最も緊張した時だろう。私も仕事を終え、アルモン・レイグに向かっていた。妻と2人、園内に入ると、真音の教室からは、大きなざわめきが起こっていた。真音は、フランスのどこかの幼稚園に移るのでもなく、地球の裏側にある日本に帰るということをみんなに告げていたのだろう。過日、開いてもらった誕生会の時のように、再び紙でこしらえたピンクのバラの花を、胸いっぱいにつけてもらい、バラの冠をかぶせてもらっていた。おかっぱ頭だけでも目立つ真音は、願い通り、アルモン・レイグでお姫様になったのだ。「日本って、どこにあるの?」「また、レイグに戻って来るの、いつ戻ってくるの?」そんな言葉が、廊下を飛び交っている。そして、園長先生も最後に教室へかけつけてきた。妻は、幼稚園の送り迎えや、こまごまとした幼稚園とのやりとり、保護者面談など、フランス語を習いながら真

幼稚園最後の日。これで「お別れ」という時、幼稚園の先生に撮ってもらった最後の写真

音を支えてきた。それは大変なことだっただろう。

こうした場合、男親というのは、日仏に限らず、肩身の狭いものであるが、ただならぬ空気は充分に感じ取っていた。帰国をする？　そんなことはありはしない。昨日、来たばかりではないか。子どもを迎えに来たクラスメイトのお母さんもまた、真音の姿を見て大粒の涙を流し、「本当に、もうトゥールーズには戻って来ないのですか？」と聞く。私は、咄嗟に「いつか、戻ります」と答えた。その時、真音姫は、先生に手を引かれて出て来た。

「メイン、さようなら」

サハ、マエ、ヴィコール、カルラ、シャロン、ロバン、ヌー、ミロ、アリア、アイナス、ヤッシー、

ルディバン、シィディ、ルーシー、レオン、ディアン、ルイ、ポール、リゾン、シャイマン、そして最後にトマが「さよなら」を言った。マインは、21人の子ども達から熱烈なビズを受けていく。教室の出口で硬直しているマイン（＝真音）の横を、1人ずつ、1人ずつ、通り過ぎて行った。

トゥールーズの空は晴れていた。私は、お姫様になりたいという、真音の一直線の願いに何も口を挟むことはできなかった。幼稚園を後にして、仮宿のアパルトマンに戻ると、真音にキャピトルで買ったお姫様のドレスを着せ、フランス最後の記念写真を撮った。そして、真音の通園リュックをスーツケースに詰めようと、中のものを取りだしてみた。すると、そこには、トマ王子様（お内裏さま）と仲良く並んで写っている真音姫（おひなさま）の大きな写真があった。

トマとマイン。仲良しの２人は、幼稚園の先生もよくわかっていたとみえて、こんな写真を撮っていてくれた

あとがき

本書を書く着想を得たのは、トゥールーズ第3大学（ポール・サバティィエ）の研究室で日記風のエッセーを書き始めた時である。子連れ留学という難関を一山越えて、フランスの生活も落ち着き、笑顔も出始めた頃、天真爛漫な真音の様子を少しでも書きとめておきたいと思ったのである。研究にせよ、対外的な仕事にせよ、日常の生活にせよ、過度に緊張していては、何事も前へ進まない。前へ進めようと真剣になるから緊張するのか、頭の中は、常に、ボンレスハムのように糸で絞められていた。そんな時、研究室で、娘の様子をふと思い出したりすると、自然と笑みが出た。泣きべそをかいたり、にっこり笑ったり、おどけたり、その無邪気な様子たるや、数え切れない。そんなわけで、少しずつ、その時々の様子を書きとめたのであるが、実際のところ、本の形にするだけの枚数には至らなかった。留学の現場では、日々、新しいことが起こっていたので、それに対処するだけで精いっぱいであった。

日本に帰国すると、初日から大学の仕事が山積していた。学内業務の他にも、教職員組合の書記長として、百年に1度の大不況のさ中、教職員の給与、賞与、職員の厳しい雇用環境の改善に着手しなければならかった。そもそも労働状況の改善という点では、日本よりもフランスの方が熱心である。実際、度重なるデモやストライキのとばっちりを何度も受けた。労働争議の研究者であれば、ある意味、興味深いものにも見えたかもしれないが、私にとってはいずれも本業の仕事ではないので、荷が重すぎた。

研究者として研究を続けるという本業はさておき、フランス留学中、南フランスの生活を体験し、それを追求するというもう一つの本題は、日本語による日本の教員の仕事をこなしていくうちに夢物語のように遠のいた。やがて無になるのを待っているかのようである。真音も、日本の元の幼稚園に年中組で入り直し、フランスの1年が何事でもなかったかのように日本に順応している。妻も困難な海外暮らしから解放されて、しばらくは、元通りの生活に戻ったことに満足しているようである。

おそらく、1年の海外留学などは、うなぎ屋さんでうなぎの匂いを嗅いできたようなもので、お腹の底には身が残っていないのかもしれない。それでも、私は、娘とお風呂に入る度に、フランスのことや、アルモン・レイグ幼稚園での出来事を尋ねてみた。気分がよいと、鼻歌混じりで、アー、ベー、セー、とフランス語でアルファベットを言ったり、アン、ドゥ、トワと数を言ってみたりする。「すごいね」とおだてると、お気に入りの単語をいくつか発音してくれたりもする。しかし、次第に月日が経ってくると、日本の幼稚園の方が楽しいようで、「もうね。まいんね。フランスにはいかんよ。言葉がわからんから」と捨てゼリフを言って、風呂から上がるのである。私は言葉を失い、茫然と風呂の蛇口を見ている有様である。もちろん、言葉にも苦労せず、金銭の心配もせず、日本食を探さなくともいつでも食べられる環境を考えると、ストレートな真音の言葉もうなずけるが、それに妥協してしまうと、本当に、うなぎ屋さんでうなぎのおいしい匂いを嗅いできましたということになりかねない。

私は、自分達が経験したことは歴然とした事実であるという記録を残したいと思った。どうしても、うなぎの身は確かにかじったよという証を残したかったのである。そこで、フランスで書いた文章をもとに、過ぎ去った1年を振り返り、思いつくまま、書きとめた。もちろん、私達のトゥールーズ生活は濃密で、すべてを書くことはできない。徐々にそれを書くとしても、相当な紙幅が必要であり、あれやこれやの細かなことは語りつくせない。1年は極めて短いが、その中に留学のエッセンスが凝縮している。真音は、おフランスではないフランスの湯船に浸かった。真音の眼を通してもう1度、南フランスの生活を再確認したい。そこには幸福の輪郭があったのだろうか。少なくとも、そのエッセンスの一つを披瀝することでミディ・ピレネーという南フランスの素晴らしさを、少しでも多くの方に知ってもらいたいと思った。

日本では、日仏、日米、日韓、日中というように、日本と海外の諸国を強引に結びつける語を目にする。フランスに留学する前には、自然なことに思えたが、少しでも、海外に滞在した者なら感じるように、留学後は、少々、違和感を覚える。日本中心主義、あるいは日本とフランスを関係させたいという日本人の偏愛はわかるが、フランスにはもともとそのようなものはなく、ただ、ヨーロッパの大地にフランスという共和国が建っているにすぎない。日本人が、韓国人が、アメリカ人がどうのこうのというのではなく、自給自足の国フランスは、ありのまま自ら悠々自適に生きているのである。そしてまた、悠々自適に生きているということで言えば、我が娘3才の真音もしかりであった。日本だの、韓国だの、アメリカだの、フランスだの、そんなことはお構いなしに生きている。2、3才とはそのような年齢である。私は、真音の言葉で落胆したというよりも、「本当は、うなぎの身をしっかりかじったんだろう?」と聞いてみたかったのである。

子どもの成長は早いもので、本書の「あとがき」を書いている時には、真音はもう5才の年長さんである。5才にもなれば自分の言葉を話し出し、大方のことを理解することができるようになっている。ベビーカーに乗っていた頃に比べると、随分と成長した。私自身は、3才の頃の記憶はほとんどないが、5才の真音は、ふとした時に、3才児のフランス生活を昨日のことのように思い出すことがある。公園で遊んだことや、アパルトマンに住んでいた頃のことを話し出すのである。

ところで、うなぎの話と言えば、フランスでもうなぎを食べるが、日本のようなかば焼きはない。パリには、日本人相手のうなぎ屋さんはあるが、フランス全土に広まらないということはフランス人の舌には合わないのだろう。留学中、ボルドーのレストランで、うなぎを注文したところ、うなぎを輪切りにして、油で揚げたものが出てきた。小骨が多く、日本人の舌からすると、食べられる代物ではない。もしかすると、これは海蛇ではないかと疑う程である。フランス人はかば焼きを食べないのだろうか。トゥールーズに限らず、今や、日本食のレストランは海外の至るところにあるが、日本人の口に合う店は極めて少ない。これとは逆に、日本にも至るところにフランス料理店があるにせよ、和風のフランスがあるのみで、フランス人の舌を唸らせるレストランは少ない。和風バゲットはあってもバゲットは売っていない。バゲットに明太子を載せて食べるのは日本人だけである。つまり、フランス流の日本、日本流のフランスというのは、多々、見られるものの、そこにしかないものを見たり、聞いたり、感じたり、食したりということは案外少ないものである。留学は、そこにあるものを、まずかろうが、うまかろうが、実際に食べたり、経験したりしてくるところに意義がある。決して、かば焼きの匂いだけで終わらないはずである。

私は、そうした思いで、実際に留学した足跡を真音の幼稚園の入園と退園という出来事に従って、子連れ留学の記憶を辿った。本書が、南フランスのトゥールーズや、幼稚園、子育てなどに止まらず、何かを噛みしめていたとすれば、望外の幸いである。そして、最後に、本書の出版を快くお引き受けいただいた東方出版の今東成人氏にこの場を借りて感謝申し上げたい。氏のおかげで本書を世に出すことができた。万感の思いである。

2010年10月8日

西澤健次

西澤健次（にしざわ　けんじ）

1959年、京都生まれ。学習院大学文学部卒業。慶應義塾大学大学院商学研究科博士課程単位取得退学。現在、北九州市立大学経済学部教授。専攻は会計学。著書に、『負債認識論』（国元書房）、『「功名が辻」に学ぶヨメの会計学』（洋泉社）、『山内一豊の妻の会計学』（グラフ社）などがある。

フランス親子留学
おかっぱ頭の幼稚園体験記

2011年3月8日　第1版第1刷発行

著　者……………………………………………… 西澤健次
発行者……………………………………………… 今東成人
発行所……………………………………………… 東方出版㈱
〒543-0062　大阪市天王寺区逢阪2-3-2　Tel.06-6779-9571　Fax.06-6779-9573
装　丁……………………………………………… 濱崎実幸
印刷所……………………………………………… 亜細亜印刷㈱

 ISBN978-4-86249-173-2